魔幻偵探所

33

迷失恐怖谷

關景峰　著

新雅文化事業有限公司
www.sunya.com.hk

魔幻偵探所
人物介紹

南森

身分：魔幻偵探所創辦人、領頭羊

年齡：120歲

畢業學校：斯塔福德學院（伏魔系）

學位：博士

捉妖經驗：108年，獲得「捉妖能手」、「怪獸剋星」等稱號

性格：遇事鎮定、善於思考，生氣時聽到幾句好話氣就消了

最具殺傷力的武器：
顯形粉、細妖繩、無影鋼鐵牆

海倫

身分：魔幻偵探所成員，南森的得力助手

年齡：13歲

畢業學校：劍橋大學（法術系）

學位：學士

捉妖經驗：1年

性格：開朗、逢事觀察細緻，吵架時總讓着本傑明

最具殺傷力的武器：細妖繩、凝固氣流彈

本傑明

身分：魔幻偵探所實習生

年齡：11 歲

就讀學校：牛津大學（捉妖系）

捉妖經驗： 3 個月

性格：聰明淘氣、遇事毛躁

最厲害的戰術：非常規戰術

派恩

身分：魔幻偵探所實習生

年齡：10 歲

就讀學校：倫敦大學魔法學院
（反幽靈技術系）

捉妖經驗：1個月

性格：聰明活潑，非常好勝，有時
候喜歡誇誇其談

保羅

身分：魔幻偵探所機械狗

年齡：100 歲

工作能力：無所不知的電腦資料
庫，善於用百分比分析事物

性格：異想天開、調皮、懶惰

最喜歡的食物：潤滑油

最具殺傷力的武器：追妖導彈

細妖繩

能夠對準魔怪迅速旋轉收縮，將它細緊綁實，繩子一旦落到魔怪身上，就像嵌入肉裏，魔怪越掙脫綁得越緊，當然放繩子時可要放得準才行。

無影鋼鐵牆

這堵牆其實就是氣流，它把氣流變成了無影無形的鋼鐵牆壁，能將敵人困在其中，衝不出去。

顯形粉

這是一種非常神奇的粉末，即使魔怪偽裝、隱形了也完全能顯現出它的原形。對了，「顯形」就是「現出原形」的意思！

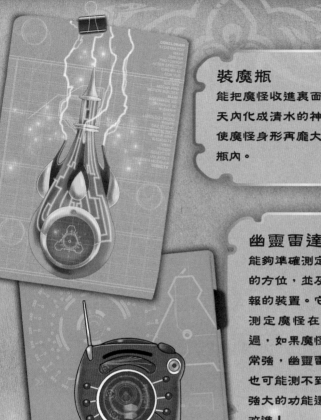

裝魔瓶

能把魔怪收進裏面，使其在三天內化成清水的神奇瓶子。即使魔怪身形再龐大，也能收進瓶內。

幽靈雷達

能夠準確測定氣流存在的方位，並及時發出警報的裝置。它能跟蹤、測定魔怪在哪裏。不過，如果魔怪的魔力非常強，幽靈雷達有時候也可能測不到，它的更強大的功能還有待你去改進！

追妖導彈

能夠自動尋找魔怪，進行智能追蹤的導彈，這種導彈威力比較大，一般魔怪根本抵抗不了。

魔幻偵探開始行動！

目錄

第一章　修車行

「大概八點半多就能到加來，正好搭乘九點的渡輪。」海倫坐在南森駕駛的汽車的副駕駛座上，計算着時間，「一小時到多佛爾，再開一小時車就能到倫敦了……噢，我們的比利時之行就要結束了。」

「確實要結束了，很令人難忘了。」坐在後面一排的派恩看看前面的南森，他似乎是想起了什麼，「博士，海倫沒有愛心，還嘲笑我們……」

「噢，海倫嘲笑你們？」南森問。

「昨天晚上，我們在布魯塞爾，你不是參加魔法師聯合會專業委員會閉門會議了嗎？我們又不能去，就和本傑明去離酒店兩個車站遠的糕點店吃東西，海倫説那家店不好吃，她沒去。我們坐巴士去的，但回來的時候忘了時間，到車站時最後一班巴士剛好開走，我和本傑明就追，希望能在下一站追上它，這樣起碼少走一站路，可是到下一站它又開走了，我倆索性跟着巴士跑，就這樣跑回了

酒店。」

「噢，聽上去有些辛苦，海倫就為這嘲笑你們？」

「哪裏呀！」本傑明跟着派恩告狀，「我們回去以後告訴海倫我們是追着巴士跑回來的，我想自我安慰一下，就說我倆追着巴士回來，每人省下一元車票錢，結果……」

「結果海倫說我倆應該跟着計程車跑，這樣能省二十元計程車費呢！」派恩搶過話說，「她這是在嘲笑我倆。」

「噢，果然告狀了。」海倫在前排位置一直在笑，「還以為你們都忘了。」

「下回追着飛機跑，能省下機票錢。」保羅在本傑明和派恩身邊，大聲地說。

「噢，老保羅，你也笑話我們。」派恩說着去抓保羅，保羅連忙閃開。

南森的老爺車裏一片喧鬧。這次南森他們是來比利時的布魯塞爾參加一個各國魔法師聯合會舉辦的大型會議，大小會議整整持續了一周時間。南森想要去不同的會場，還要在這邊見好幾位久未謀面的魔法師，如果開車來，會

更方便些，於是他開着老爺車，帶着小助手們來到了布魯塞爾，其實來也很方便，先把車開到英國多佛爾港，汽車上渡輪然後在法國加來港下，直接開車到布魯塞爾就可以了。

會議結束後，南森帶着小助手去了布魯塞爾東南的納慕爾市，看望了一個老同學，他謝絕了老同學的一再挽留，因為倫敦還有一些工作要處理，所以在老同學家吃過晚飯後，他們便開車返回倫敦。來的時候他們目的地是布魯塞爾，走的是N8公路，返回的時候，他們從納慕爾出發，要走N90公路，這是導航儀給出的最近到達加來港的路線。

大家一路説笑着，很快，他們就開過了一個較大的市鎮沙勒羅瓦。一路之上，無論是同向前進的還是對面開來的車都很少。此時，天已經暗了下來，再向前，是一個叫班什的城市。南森邊開車邊聽着小助手們的吵鬧聲，時不時地回上幾句話。

「嗨，我説本傑明，今天你的話不多呀！」保羅看看身邊的本傑明，本傑明一直靠在座位上發笑。

「剛才吃、吃得太飽了，説話費力。」本傑明笑着

説，説完還摸摸肚子。

「哈──」車裏又是一片轟笑。

「啊，糟糕。」南森突然喊道。

「怎麼了？」海倫連忙問。

「水溫燈亮了。」南森看着儀錶盤説，「水溫警報燈。」

海倫看了看儀錶盤，果然，水溫警報燈閃爍着，並變成了紅色。南森已經開始減慢車速了。

「我們必須要修車了，不能再開了。」南森説着把車停下，回頭看看保羅，「老伙計，看看這附近有沒有修車廠？」

「噢，博士，你難道不會修車嗎？」派恩看到車出了故障，抱怨起來，「真是一輛老爺車。」

「會一些，可我沒有工具呀！」南森説，「水溫升高原因有很多，檢測也要儀器的，我都沒有。」

「博士，往北開七百多米，有一個修車行。」保羅啟動了身體裏的地圖，很快就找到一個修車行，「在雷賽鎮上，名字就叫雷賽鎮修車行。」

「噢，七百米，估計還能開到，我慢點開。」南森

用手點着導航儀，找到了雷賽鎮的位置，他回頭看看小助手們，笑了笑，「要是汽車冒煙，大家記得跳車呀，哈哈哈，開個玩笑……」

「我就説換一輛好車。」海倫在一邊也抱怨起來，「總是修來修去的，修車的錢都能買一輛新車了。」

「有感情了，有感情了。」南森小心地把車開上了向北的一條小路，他開得很慢，「這車就和你們一樣，都是我離不開的，這次回去我去把車好好保養一下……」

汽車向北行駛，很快，昏暗夜色中的前方出現了星星點點，一看就是個小鎮，小鎮上不多的房子零散地分散着。

「向前右轉，五十米就是修車行。」保羅已經用定位系統鎖定了那家修車行，「快六點了，修車行應該還開門，我查詢到的這家修車行下班時間是六點。」

南森慢慢地把車轉向右側的道路，前邊出現了一個燈箱招牌，上面寫着「雷賽鎮修車行」幾個字，字是用法文寫的，南森能説流利的法語，海倫和本傑明也都能説一些，派恩則稍微差一點。

車開到修車行門口，這是一個臨街的大房子，南森把

車開到房子門口，裏面走出來一個人，這人三十多歲，一身休閒裝扮，看樣子要離開似的。

「車壞了？」那人走到南森的車邊，問道。

「水溫錶警報了。」南森連忙開門下車，「請問可以幫忙修理嗎？」

「噢，伙計們都下班了，我也要回家了。」那人説，忽然，他看到了老爺車的牌照，「哈，英國牌照？倫敦的？」

「是的，我們本來是要去加來，搭船回倫敦的。」南森説着看了看手錶，「現在還差五分鐘才六點，你們這裏好像六點才下班……」

「我們這種小地方，沒那麼多生意的，一般都走得很早。」那人笑着説，「好吧，我來修吧……你啟動一下汽車……」

那人説着嫻熟地打開了汽車前蓋，南森一邊道謝，一邊走到駕駛座啟動汽車。那人彎腰，聽着發動機聲響，然後用手感覺着車身的振動。

「可能是冷凝管堵塞了。」那人放下了車蓋。

「很麻煩嗎？」南森下了車，小助手們也跟着一起下

了車。

「肯定要耽誤你們的行程了。」那人聳聳肩，「最少要一小時時間，如果問題很大，你們晚上可能就要住在這裏了，我們這裏有一家七星級家庭旅館，克萊斯太太開的，每個房間才有一隻蟑螂，哈哈哈……」

「噢，真會開玩笑，我們只想馬上回去，不想在這裏。」派恩聽説有可能住下，抱怨起來。

「我盡力吧。」那人看了看派恩，稍微嚴肅了些，「你們怎麼辦？你們可以在這裏等，不過風有些大，還可以去裏面，不過裏面到處是機油……不如去布里奇太太的麵包店，就在前面一百米的地方，她那裏關門要晚一些，你們可以吃點東西，喝杯咖啡，一小時後再來，修好了你們就開走，修不好你們只能去住七星級的家庭旅館了。」

「謝謝你，先生。」南森説着看看小助手們，「我們還是去喝杯咖啡吧。」

「很明智的選擇，向前一百米，布里奇麵包店。」那人説着就坐進了駕駛座，準備把車開到大房子裏的修理車間，「我叫達倫，一小時後再來。」

「謝謝，達倫先生。」南森連忙説，達倫點了點頭，

把車開進了車間。

「走吧，就去喝杯咖啡吧，我一點也不餓。」海倫很是無奈地說，「希望一小時後能修好，我可不想住什麼七星級家庭旅館。」

他們一起向前走去，很快就走到了布里奇麵包店，麵包店外有個破舊的店牌，上面寫着「布里奇麵包店」幾個字，從外面看去，店裏一個人也沒有，但是裏面亮着燈，店門也沒關，否則大家只能回去了。

本傑明推開門，大家都走了進去。這家店不大，很是整潔，靠牆的地方有一排貨架，上面有幾個待出售的麵包，對着門的是一個櫃台，櫃台上方懸掛着價目表。靠窗的地方，有一張桌子，桌子前有四張椅子，這算是用餐區域吧。店裏的整體布局很古老，尤其是那貨架，看上去似乎有一百年了，和城市中那種現代設計的麵包店可是有很大區別的。

「請問有人在嗎？」南森看到櫃台後面沒有人，大聲地問道，櫃台旁的一個小房間裏，倒是有聲音傳出來，好像是有人在看電視。南森喊了一聲，沒人回答，他只好又喊了一次，聲音也更大了，「請問有人在嗎？」

　　「在，來了。」門被推開了，一個六、七十歲的老婆婆走了出來，看到南森後，連忙點頭，「我在裏面看電視，不知道你們來了，不好意思。」

　　「噢，沒關係。」南森連忙說道，「我們想點幾杯咖啡。」

　　「我要一杯果汁。」派恩上前說道。

　　「我要杯瑪奇雅朵。」海倫說。

　　「布雷維咖啡。」本傑明舉了舉手。

　　「你們要吃點什麼嗎？」南森提醒大家。

「剛吃過飯，不吃了。」本傑明他們一起說。

「我要一杯白咖啡，謝謝。」南森對那老婆婆說，也許是在這種鄉間，才能遇到這樣年歲的店員。

「好，好，請你們稍等。」老婆婆很是緩慢地轉身，去調配咖啡了，她的背稍微有一點點駝。

「店裏就您一個人嗎？」南森關心地問。

「有一個店員，剛走沒一會。」老婆婆邊沖咖啡邊說，「晚上

我們這裏很少有顧客的，我應付得過來……」

　　海倫他們已經坐到了靠窗的座位那裏，保羅也跟了過去，他們說笑着。隨後，南森也坐了過來。

　　沒有幾分鐘，老婆婆店員從櫃台後轉出來，並端着一個盤子，上面有兩杯咖啡。

　　「小姑娘的瑪奇雅朵，小伙子的布雷維。」老婆婆笑瞇瞇地說，隨後看着南森和派恩，「老先生的白咖啡和你的果汁馬上就來。」

　　「噢，謝謝。」海倫略有驚奇地看着老婆婆，「我們一下子點了四杯，還怕您記不住誰是誰的呢！」

　　「記得住，記得住，我幹這行三十五年了。」老婆婆一直笑着，當然，她的動作很是緩慢，「再多幾位也能記住。」

　　「這店叫布里奇麵包店，您就是布里奇太太吧？」海倫又問。

　　「對，我就是。」老婆婆點點頭，「稍等，另外兩杯馬上來。」

　　布里奇太太轉身去端另外兩杯飲品了，海倫連忙端起杯子喝了一口，味道真不錯，她連聲誇讚起來。

「白咖啡和果汁來了。」布里奇太太又走了過來，「孩子們剛才在説英語，你們是從英國來的吧？」

「是的。」派恩接過果汁，「我們剛才正趕路回倫敦呢，可是車壞了，在旁邊修車行修理呢！」

「我説呢，沒有誰會專門來我們這個小地方的。」布里奇太太沒有立即離開，而是站在南森他們身邊，「那麼……你們的車什麼時候修好呀？」

「不知道。」南森搖搖頭，「要是順利，一小時後就好，否則要在這裏住一晚了。」

「住在七星級家庭旅館裏，每個房間才有一隻蟑螂。」派恩笑着説。

「噢，一定是達倫説的，他就喜歡開克勞斯太太的玩笑。」布里奇太太笑了，忽然，她的臉沉了下來，「你們一定是從N90公路開進來的吧？要是很快修好，你們原路開回到N90公路再趕路哦。」

「為什麼？」南森和派恩一起問，他們都有些詫異。

「導航地圖上顯示從這裏向西南有條小路直接就能到N90公路，很快的，原路返回等於繞路走呀！」保羅突然説。

「啊？」布里奇太太嚇得後退一步，她瞪着保羅，「小狗會說話？」

「高智慧型機械狗。」海倫連忙解釋，「一個偉大的科技發明，當然，還沒推廣。」

「噢，我說呢！」布里奇太太穩定了一下情緒，她好奇地多看了保羅幾眼，保羅對她笑笑。

大家都看着布里奇太太，不知道為什麼她要大家繞路走。布里奇太太明白大家的意思，臉色則由好奇轉入了陰鬱。

「我知道有條小路是捷徑，但是這條路會經過恐怖谷，這個山谷非常的危險，尤其是晚上，我是怕你們出意外。」布里奇太太非常嚴肅地說。

20

第二章　小鎮失蹤者

「恐怖谷？」南森一臉驚奇，隨後和小助手們對視一下，「怎麼恐怖？沒聽説有這麼個山谷呀？」

「當然，這個山谷正式的名字叫雷賽山谷，就在我們這個鎮的西面，但是我們這裏的人都叫它恐怖谷，因為好幾個人進去後，就再也找不到了……」

「這麼恐怖？」本傑明和海倫驚異地對視着，他們怎麼也想不到這個小鎮旁居然有這樣一座山谷。

「根據我們這裏的地方歷史記載，我們鎮幾百年前就發生過鎮民失蹤的情況，而且還不只一宗。」布里奇太太繼續介紹説，「三十年前的兩宗失蹤案，我可是親身經歷的，其實……其中一宗失蹤案的失蹤者正是我的丈夫布里奇。」

布里奇太太的話就像是晴空中突然響起雷聲，這話比剛才她介紹説鎮旁有個恐怖谷更加震撼，大家都沒説話，都看着布里奇太太。

　　「這家麵包店是我丈夫家祖傳下來的，他接手這個店後，店裏的生意非常好，大家都喜歡來這裏吃點東西。我丈夫試製了幾種果汁，很受歡迎，果汁的配料，都是在雷賽山谷裏採集的漿果，自然野生的，我丈夫也知道曾經有人進入山谷失蹤，但是他根本就不在乎，我勸了幾次都沒用。」布里奇太太説着向外憂鬱地看去，觀看的方向正是鎮子的西面，雷賽山谷所在地。

　　「沒有找到您的先生嗎？報警了沒有？」沉寂了片刻，派恩忍不住地問。

　　「當然報警了，警方派出了三十多人，在山谷裏搜了三遍，什麼都沒找到。」布里奇太太搖着頭説，「我丈夫的好友德朗先生不甘心，獨自進入山谷尋找，結果他也失蹤了，隨後警方派出五十多人尋找德朗，找了好幾天，最後宣布德朗失蹤。」

　　「這個先生膽子好大，自己一個人敢進山。」南森感歎起來。

　　「德朗先生是高中的英文老師，是我先生非常好的朋友，我勸他別去，他一定要去，還説自己很厲害……」

　　「他很厲害？」南森一愣。

「參加過業餘拳擊比賽，得到過名次。」布里奇太太說，「帶着一杆老式獵槍就進山了，攔也攔不住……噢，他還看過幾本很厚的魔法書呢，還說自己再深入研究也能當業餘魔法師。」

「他會魔法？」

「不會，就只看過幾本書。」

「噢，是這樣呀！」南森點點頭，他看看布里奇太太，「我想問一下，那個山谷很大嗎？地勢是否很險峻，山洞多不多？」

「不大，也就十多平方公里，山谷裏有些小山丘，四面的山也不算高，最高的也就二百米吧，山洞不多。」布里奇太太說，「我小時候和父母親其實進去過一次，我們都知道山谷裏曾經失蹤過人，但是那似乎是幾十年前的事了，誰知道那人跑到哪裏去了，我們就進到山谷裏了，而且我們確實沒遇到危險，這也就是我丈夫要進去採漿果我沒有激烈反對的原因，因為我進去過，確實沒遇到危險。」

「這種莫名其妙的失蹤案，看來警方也沒什麼辦法。」南森想了想，「那麼……魔法師有沒有介入？我是

23

説真正的職業魔法師。」

「噢，你居然想到了真正的魔法師。」布里奇太太略有些吃驚地看看南森，「當時警方也覺得離奇，德朗先生失蹤後一周，他們就從布魯塞爾請來了兩位魔法師，他倆在山谷裏找了半天，手裏還拿着什麼儀器在那裏檢查，最後説山谷裏一切正常，沒有妖魔鬼怪，然後就回去了。」

「這麼説當時的警方聯想到有可能是魔怪作案了，但是請魔法師來看過後，也沒找到什麼。」南森微微點了點頭，「和周邊地區警方聯繫過吧？我是説對您先生和德朗先生下落的協助調查，你們這裏向南不遠就是法國了。」

「聯繫過了，和法國警方也聯繫了，他們當時也很重視，到處找人。」布里奇太太説，「但是也沒有結果。」

「很離奇的失蹤案⋯⋯」南森喃喃地説。

「我總覺得我丈夫還能回來，我從來沒有覺得他失蹤了，他應該就是出了一次遠門。」布里奇太太眼睛有些濕潤了，「他走的那天，最後一句話是『我下午就回來』，我一直記着這句話，三十年來我經常去鎮西進山的路口，説不定哪天他就回來了⋯⋯」

大家聽到這些話，都很難受，海倫的眼淚也要流出來

了，她連忙擦擦眼睛。

「老伙計，把雷賽鎮西面山谷的地形圖調出來。」南森突然說道。

保羅點點頭，他把頭略微低下，後背的蓋板打開，一塊電腦熒幕升了上來，隨後熒幕亮了，雷賽鎮西的山谷地圖顯現出來。

布里奇太太驚奇地看着這一切，本傑明連忙向她解釋了一句，告訴她這屬於高科技。

南森和海倫都把頭低下，看着電腦熒幕，雷賽山谷的確不大，大概有12平方公里，基本呈現出一個扁圓形的形態，山谷的四面都是小山，北面和東面的山勢略高，南面和西面的低一些，山谷就像是一個鍋底一樣。一條從雷賽鎮通向N90公路的無名小路，橫穿了山谷的南側。

「不算大的面積。」南森用手指點擊着熒幕，找出一個個選項翻看，山谷北面的最高山峯顯示為211米，南面最高峯顯示為117米，都不算高，「環繞的羣山山峯多數平緩，樹木看上去也不是特別茂密。」

「灌木比較多。」布里奇太太也一直看着熒幕，她指着那條無名小路，「如果走N90公路向西去加來方向，

26

這條小路就是到N90公路的捷徑，這不是什麼主要公路，就是方便鎮上居民的，但是恐怖谷出了事，本鎮的人不走這條路了，偶爾來個外地人，我們也要勸他們不要走這條路，更不能到山谷裏去。」

「如果不開車，步行進山走哪條路呢？」南森看看布里奇太太，「也是走這條無名小路嗎？」

「對，就是從這條小路進山，從鎮子西面其他地方也能進到山谷裏，但是一般要翻山，比較難走。」

「我們今晚不走了。」南森的眼睛盯着熒幕，忽然一字一句地説，「明天我們去這個恐怖谷看看，到底有多恐怖！」

「我也是這麼想的。」海倫在一邊激動地説道。

「這麼小的地方，要是有魔怪，我把他直接轟到天上去。」保羅非常得意地説，「我就是不怕恐怖！」

「你們……你們……」布里奇太太都有些站立不穩了，她一臉驚慌地看着南森，「千萬不要去呀，噢，這位老先生，我看你起碼也有七十歲了，怎麼還追求這個刺激呀，這是要命的事呀……」

「布里奇太太，不要緊張。」本傑明微微笑着，「你

一定還不知道我們的身分，我們是倫敦魔幻偵探所的魔法偵探，這位老先生，就是南森博士，沒聽説過嗎？大名鼎鼎的魔法師。我們都是他的助手。」

「南森博士？」布里奇太太好奇地望着南森，「聽説過這個名字，電視上好像有放過你的節目，但……原諒我只看廚藝節目和電視劇……」

「噢，我也基本不看介紹我的那些電視，這點我們一樣。」南森笑着對布里奇太太説。

「這麼説你們是著名的魔法師，那我不用擔心你們去山谷會遇到危險了，可是……」布里奇太太一臉無奈的樣子，「以前魔法師去過那裏呀，什麼都沒有找到……」

「博士可是全世界最頂級的魔法師……」派恩在一邊叫了起來。

「即使是魔法師，因為操作方式的不同，有時也會出現一些差異。」南森先是制止了派恩，隨後平緩地説，「老實説，我對這個案子很好奇，當然，這也是我的職責所在，我對布里奇先生的失蹤深表關注，也許我能做點什麼。」

「真是太感謝了。」布里奇太太此時又激動起來，她

又要哭了，「雖然是魔法師，你們進去也是要冒風險的，
請千萬小心呀，希望你們能找到什麼線索⋯⋯」

「我們會盡力的，布里奇太太。」南森連忙安慰她，
「你不要難過⋯⋯噢，今天我們確實要去住蟑螂駐守的房
間了，哈哈哈⋯⋯」

「我不要去！」海倫
連忙叫了起來。

「達倫是開玩笑
的，當然，我們這邊
的家庭旅館一定比不
上城裏的酒店。」布
里奇太太說，「不如
這樣，你們就住在
我這裏，就在樓
上，樓上很多
房間，就我一
個人住，我家
絕對沒有蟑螂
的，我們這裏可

29

是食品店，要是有蟑螂，衛生署可不會放過我們的⋯⋯請千萬不要客氣呀！」

「噢，住到你家去⋯⋯」南森想了想，「也好，你去過山谷，我們了解情況也方便。」

「好，真好，就住在這裏了。」海倫非常高興，「謝謝你，布里奇太太。」

「我要謝謝你們，倫敦來的魔法師。」布里奇太太感激地說，一股希望又在她的心中燃起。

南森叫大家先在這裏等，他要去達倫那裏，告訴他晚上即使修不好車也無所謂了，他們晚上不走了。

剛走到修車行前，只聽一陣汽車發動機的聲響，接着，南森的老爺車倒退着開出了修車行的車間，看樣子這輛車修好了。

車開到路邊停下，達倫從車上下來，他看到了南森。

「噢，來的真巧呀，急着趕回去？」達倫很是得意的樣子，「你們今晚不用住有蟑螂的房間了。確實是冷凝管堵住了，我換了一根，沒問題了，可以開走了。噢，鎮上通向N90公路的捷徑小路會經過一片山谷，那裏不安全，不要走，你們原路返回再上N90公路，費不了多少時間

的……布里奇太太也和你們說了那片山谷的事了吧？」

「謝謝你，達倫先生。」南森很是感激地說，看來這個小鎮上的人都很熱心，「布里奇太太和我們說了，所以……我們今天不走了，留在這裏……」

「哈哈哈，看把你們嚇成這樣。」達倫沒等南森說完，比劃着說，「原路返回又不經過那片山谷，沒什麼可怕的，只要不去那片山谷就沒事。」

「我們就是要去那片山谷。」南森微微一笑，看着很是吃驚的達倫，「其實我們是倫敦的魔法師，對這件三十年前的失蹤案很感興趣，想親自去恐怖谷看看。」

「噢，倫敦的魔法師。」達倫更是吃驚了，「原諒我，沒看出來，要真是魔法師，去幫我們看看……哎，鎮子旁邊有這樣一個山谷，確實很讓人不安，鎮子裏每家都告誡孩子不要去山谷玩，其實大人也一樣呀，以前失蹤的可都是大人呀！」

「嗯。」南森點點頭，「達倫先生，你去過那片山谷嗎？」

「沒有，我可不敢去。」達倫差點跳起來，「我膽子小……」

第三章　進入山谷

南森付了修車費，謝過達倫，把車開到了布里奇麵包店外的路邊停下，布里奇麵包店二樓房間的燈都亮了起來，似乎還有本傑明和派恩的爭吵聲從裏面傳出來。

布里奇太太已經開始關店了，南森幫她把店門關好，跟着她一起上了二樓。的確，二樓有好幾個房間，非常的乾淨整潔，小助手們一人一個房間，南森也有一個房間。

上了二樓後，南森可沒有休息，儘管有些累，他還是讓保羅把山谷的地形圖列印出來。布里奇太太送來了一本書，是有關雷賽鎮歷史的書，上面記載了和恐怖谷有關的種種事件，包括幾百年前的幾個失蹤案，這些失蹤案都懷疑和恐怖谷有關，最早的那些失蹤案大概每隔一百年失蹤一人，不過布里奇先生和德朗的失蹤距離上一次失蹤案不到七十年，他倆的失蹤案是最後一件，也被詳細記錄在裏面，這本書小鎮上的每戶人家都有一本。從這本書還能看到，失蹤者都是單獨進山失蹤的，修路的工人、尋找失蹤

者的大隊警察，進山後倒是都沒遇到異常情況。

南森把這本書簡單地看了一下，並做了記錄，隨後就開始和小助手們一起看地圖，布里奇太太也在旁邊，她可是進入過恐怖谷的人。

「……裏面的地勢高低不平，有些小山坡，但是不算很陡峭，四面的山有些是陡坡，也有平緩上山的地方……」布里奇太太回憶着山谷裏的情況，「山谷裏基本都是草地，還有一片片的灌木叢，樹很少，有水塘但沒有河流……」

「野生動物多不多，尤其是有沒有猛獸，比如說狼。」南森問。

「有野兔，最多見的就是野兔了。」布里奇太太說，「猛獸嘛……不知道狐狸算不算？山谷裏最厲害的我看也就是狐狸了。」

南森仔細記錄着布里奇太太話裏的重點，旁邊的幾個小助手也都認真地聽着，看得出來，明天進山似乎是一場冒險，他們都很期待的樣子。

聽完布里奇太太對山谷的描述，南森給比利時魔法師聯合會會長打了電話，要求看三十年前當地魔法師搜索雷

賽鎮山谷的報告——他知道按照流程，一定會有一份這樣的報告。會長對此事也有耳聞，答應馬上調取這份報告，半個多小時後，南森收到了這份報告的電子文本。

《關於雷賽山谷失蹤案的調查報告》，是由布魯塞爾的魔法師科克完成的，他也是參與搜索山谷的兩名魔法師之一，另一個人叫賴爾，會長介紹説這兩人現在都處於退休狀態。根據他倆的報告，南森的確沒有發現山谷裏有什麼異常，報告中説在山谷中遇到的唯一活物就是奔跑的兔子，根本就沒有任何魔怪反應。

南森叫大家早點休息，明天一早就進入山谷。小助手們都摩拳擦掌的，想明天快點到來。

第二天一早，七點剛過，小助手們就全都起來了，海倫走進客廳的時候，保羅正在那裏檢視自己的導彈發射系統，布里奇太太則在廚房忙着給大家做早餐。

「都不要着急，今天是陰天，現在馬上去，山谷裏的視線可不好。」南森也走進了客廳，看到幾個小助手圍在保羅身邊，都是一副馬上抓到魔怪的樣子，「準備工作要做好，幽靈雷達確保電量充足，探測信號強大……」

「滿格，我檢查了兩遍了。」本傑明連忙説道。

「我昨晚就向山谷那邊發射探測信號了。」保羅指着窗台説，「就站在窗台上，可是距離太遠，什麼都沒有收到。」

「哪有那麼容易就找到魔怪的。」海倫説着打開一個小箱子，「可惜這次我們是來開會的，只帶了一枚追妖導彈。」

「一枚就夠。」保羅説道，「帶着四枚導彈很沉的。」

「是呀，鎖定目標，一枚就夠。」南森若有所思地點着頭説。

臨近八點，他們來到樓下，在布里奇太太的叮囑中出發了，他們是開車去鎮西，不過並不打算駕車進恐怖谷，他們要徒步在山谷裏搜索。南森把車開到了鎮西的一個小停車場，大家下了車，他們向那條無名小路走去，這條路將把他們引進到山谷裏。

南森邊走邊向恐怖谷那邊觀察，鎮西，也就是恐怖谷的東面，有幾座小山，連綿在一起，山不算高，山上的樹木不少，晚秋的樹林綠色不在，盡收眼底的是褐色。

他們基本和山並行，向南走了幾百米，在兩座山山腳

的交匯處，那條無名小路出現了，小路大概只有六、七米寬，由於常年無人無車行走，路面上全是土層，一些草木就長在路中央，看上去一片荒蠻。

「從這裏進去，就是恐怖谷了。」保羅第一個走到路口，回頭看着南森他們。

南森走到路口，向前望去，小路基本呈一條直線，深入到山谷裏，從路口向裏面看，能發現裏面很廣闊，呈現出典型的山谷地形。南森回頭看看小鎮，這裏緊鄰小鎮西面幾戶人家，聽布里奇太太説，這幾戶人家懼怕恐怖谷這個危險之地，早就搬走了，房子也都是年久失修的樣子。

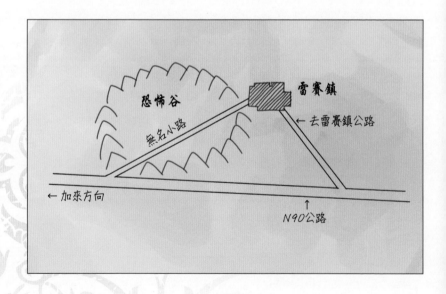

南森沒在路口這裏多停留，揮揮手，走上了小路，海倫他們連忙跟上。保羅已經用魔怪預警系統向山谷裏發射探測信號了。

「這裏攀爬危險……」他們向前走了十幾米，本傑明指着左、右側的山體說，「有人寫了警示字。」

左、右側的山體，都出現了一處三、四米高的斷崖，看上去是當年修建這條小路時開鑿了山體，不過小路並不緊鄰開鑿的山體，相互還有好幾米的距離。兩側的斷崖山體上都寫着「攀爬危險」幾個字，這幾個字大概是用紅色的油漆寫上去的。斷崖上的山頂距離地面不到一百米，樹木不多。

他們沿着小路向前走着，走了幾十米，走過了山腳，視野一下就打開了，前方，有一大片廣袤的谷地，谷地中雜草和灌木混生，草色似乎比外面的要綠一些，天氣似乎也比進來的時候晴朗了一些，人的心情似乎沒有剛才那樣壓抑了。

天空中，兩隻小鳥飛過，本傑明抬頭看了看，然後又看看自己手中平靜的幽靈雷達。

「一片山中美景呀！」本傑明看看大家，「一點也不

恐怖。」

　　「再往前走走。」海倫説，「還沒走到底呢，怎麼知道不恐怖。」

　　南森一邊走，一邊觀察着四面的環山，他特別留意山上是否有山洞，如果山谷裏真有魔怪，山洞往往是他們藏身的地方，對於遠處看不太清的山體，他默唸遠視口訣，將遠處的山林也看得清清楚楚。

　　「我們去那邊看看。」南森指着幾百米外的一個小山，這個小山是谷底裏的丘陵，大概在谷底的中間位置。

　　小助手們答應着，和南森一起離開了無名小路，山谷裏的草木雖然茂盛，但並不是很難走，他們的腳踩在草上，發出「沙沙」的聲響。

　　幾分鐘後，他們來到了小山下，山體非常平緩，他們走到小山上，這座小山的確不高，最高處距離地面也就六、七米，不過站在上面，整個谷地的景象盡收眼底。保羅上去後就轉着圈，對着四周發射探測信號。

　　「真希望那個魔怪忽然竄出來呀！」派恩用手裏的幽靈雷達對四周搜索着，「這個山谷確實不像是恐怖谷，休閒的時候來這裏度假還不錯。」

「確實好像很安靜。」海倫用手撫着被風吹起來的頭髮，她也有些懷疑這個恐怖谷是否名副其實的恐怖了，目前看上去，這裏空氣清新，風光不錯，一切都很平和。

「三十年前兩個魔法師也是這樣描述這個山谷的。」本傑明立即跟着説，「三十年了，這裏應該沒什麼變化。可這裏失蹤過人，幾百年來快十個人了，這些人是不是真的走到別的地方去了？」

「我看應該是。」派恩比劃着，「你們看看，就這麼個小山谷，能藏住什麼呀？一找就應該馬上找到的。」

「去那邊的山腳下看看。」南森並沒有回應幾個小助手的對話，而是指着不遠處那座最高的山峯説。

他們下了小山，很快就來到最高的山峯的山腳下，這座最高峯其實也就二百多米高，南森向上爬了幾十米，透過不多的樹木，可以清楚地看到山頂的情況，山頂上沒有任何山洞。

這麼短的距離，如果有魔怪隱身，保羅能立即發現，但是他沒有發現什麼。南森有些不甘心地爬到山頂，從山頂向山谷望去，一覽無餘，向外望去，是一片片的平原，他也看到了雷賽鎮，小鎮依舊平靜，隱約可見鎮子裏有人

在走動。

　　保羅一直跟在南森身邊，幾個小助手都在山頂下幾十米的地方四處看着。南森有些無奈地走下了山。帶着幾個小助手向那條無名小路走去，他們已經搜索了一個多小時了，一無所獲。

　　他們回到了那條無名小路上，南森判斷他們的位置大概在山谷的中間地段，他們繼續向前走着，並進行搜索，這個空曠地帶，無論是保羅的魔怪預警系統還是海倫他們的幽靈雷達，都能發揮到最大功效，探測距離能超過平常距離的一倍還多。

　　眼看什麼都沒有找到，幾個小助手不免有些垂頭喪氣的，話也少了。只有保羅，忽左忽右地跑着，他似乎把這次搜索工作當成一次悠閒散步了。

　　「嗖——」的一下，一個影子突然一閃，走在最前面的保羅嚇了一跳，不過仔細一看，原來是一隻兔子從草叢中竄出，一蹦一跳地越過小路，跑了。保羅叫着追了兩步，不過兔子鑽進草叢不見了，保羅也不想抓兔子，隨即停了下來，回頭看看南森他們，跑回到小路上。

　　他們繼續沿着小路向前，派恩這次走在最前面，他用手裏的幽靈雷達漫無目的地探測着，他已經失去了信心了，覺得這樣一個寂靜空曠的山谷不會藏着魔怪的，四面的山上似乎連一個山洞都沒有，魔怪不可能天天躺在草叢裏，別的不説，陽光的直射他也受不了。

　　「啊——」派恩驚叫了一聲，身後緊跟着的本傑明也

嚇了一跳。

又是一隻兔子從草叢中竄出來，越過小路逃跑了，不過剛躍出來的時候，還是把派恩嚇了一跳。

保羅也看見了那隻兔子，他都懶得去追了。南森站在那裏，看着逃進草叢的兔子，聳聳肩，隨後站在了那裏。

「博士。」海倫一直跟在南森身後，她超過了南森，回頭望着南森說，「走呀！」

「好，好。」南森點點頭，連忙跟了上去。

小路一直向前延伸着，前方，已經看見恐怖谷最西側的小山了，當然，他們此時覺得這個山谷一點也不恐怖。小路從兩座小山的山腳下穿了出去，根據地圖顯示，出去後的小路向前幾十米就直接連接上N90公路了。

南森他們走到小山的山腳下，本傑明第一個走到那裏，回頭看着南森。

「博士，我們出去嗎？」

「出去吧。」南森點點頭。

和進來時小路左右兩側的山腳一樣，都被削掉一塊，露出岩壁，並且寫上了「攀爬危險」幾個字，崖壁也是三、四米高的樣子。

「就一座小山，又不是什麼世界高峯，誰去攀爬呀？」派恩看着那幾個字，又看看岩壁上的小山山頂，小山很是普通，「真是多餘。」

「為了安全吧？」海倫説道，「謹慎點也好。」

他們從山腳下的小路走了出去，前面，N90公路上的汽車來來往往，比晚上的時候多很多了。

「失蹤的人一定都是走到別的地方失蹤的，他們不可能在山谷裏失蹤的。」派恩走出來就説，「布里奇太太還等着我們這裏有什麼發現呢，哎……」

「是呀！」本傑明也很是遺憾地説，他們幾個來時的那種興奮此時全都沒有了。

「走到盡頭啦，那我們回去吧？」保羅看着南森，「原路返回？」

「原路返回。」南森點點頭，「不過老伙計，請稍等一下。」

第四章　野兔

「什麼事？」保羅倆忙問。

「你帶着一枚追妖導彈吧？」

「是的。」

「好，你把導彈先給海倫拿着，發射架上放四枚土塊。」南森説，他低着頭，在地上尋找合適的小土塊，「來，我這就找……」

「放土塊幹什麼？」保羅好奇地問，海倫他們也好奇地看着南森。

「我們應該還會遇到兔子的，遇到兔子後，你就用發射架向兔子拋射土塊，要瞄準，不能隨便拋射，就像你攻擊魔怪那樣。」

「有意思……這是狩獵嗎？」保羅興奮起來，「瞄準沒問題，不過射出的是土塊，我保證能命中兔子，但最多也就把兔子打痛，打暈都困難……」

「不用打暈，我看看你能不能準確命中。」南森説，

他找到了四個小土塊，保羅已經彈出了發射架，南森把小土塊放進發射架，保羅固定住土塊後收起了發射架，「這可不是狩獵，我們今天也不是來幹這個的。」

「噢，博士，你是怕我們回去的路上沒意思，找點事情做嗎？」派恩閃着大眼睛，「這倒是很有意思。」

「博士……」海倫望着南森，想説什麼。

「走吧，我們先走吧。」南森催促着大家，「有事回去再説啦。」

「噢，好像很趕的樣子。」保羅説着再次走上小路，向恐怖谷裏進發，來的時候他們是從東向西，回去的時候是從西向東走。

大家都走進了恐怖谷，保羅這下興奮了，他有事情做了，他領先着大家七、八米的距離，還不時地衝進路邊的草叢，想嚇出幾隻兔子來。

「老伙計，要聽我的指令再發射呀！」南森在保羅身後喊道。

「知道了。」保羅答應一聲，又衝進了一個草叢。

派恩對保羅射擊野兔也很感興趣，他一邊走一邊用腳踢着路邊的草叢，希望能驚動一隻兔子，不過野兔不是那

麼多，或者是發現有人都躲起來了。

　　來的時候沒有搜索到任何魔怪反應，回去的時候，小助手們都有些漫不經心了，儘管他們手裏的幽靈雷達還開着，但是都懶得盯着雷達熒幕看，反正出現魔怪反應雷達會自動發出閃爍燈警報。

　　南森一邊走，一邊繼續觀察着四面的情況，還是和來的時候一樣認真，不過他不時提醒保羅不要跑得太遠了。

　　「嗖」的一下，草叢裏真的鑽出來一隻野兔，野兔跑上了路面，向路另一邊的草叢跑去。

　　「老伙計，發射——」南森連忙喊道。

　　保羅已經發現了那隻野兔，後背的發射架不到一秒就打開了，發射架打開前，他的瞄準系統就鎖定了野兔，瞄準的中心點就放置在野兔的側背。聽到南森下令，保羅的發射架「嗖」地彈射出一個土塊。

　　「嗒——」，野兔的後背被擊中了，不過土塊沒有碎，似乎也沒有彈開，野兔繼續保持着剛才的速度，鑽進草叢中，不見了。

　　南森快步向野兔被擊中的地方走去，他低頭在草叢裏尋找着什麼，很快，他就找到了那個碎了一些的小土塊，

為什麼要攻擊野兔？

南森把土塊拿在手裏，看着它，微微地一笑。

「好像沒打中一樣，野兔都沒有立即加速亂竄。」派恩走到南森身邊說。

「是呀，那隻野兔沒什麼特別反應，好像知道我們沒有使用攻擊性武器一樣。」保羅也走了過來，「不過要是用我的導彈攻擊一隻兔子，那簡直就像是用高射炮打蚊子一樣，太小題大做了。」

「是呀！」南森說着看看一直在沉思的海倫，「剛才的情況，我全看到了，很有意思。」

「博士……」海倫忽然說，不過她一副欲言又止的樣子，「好，一會說，一會說……」

「在說什麼呢？」派恩聽不懂他倆的對話，向前跑去，「博士，看我給你轟出來一隻狐狸，讓保羅去抓——」

派恩衝到路邊的草叢裏，四下看着，希望能出現一隻狐狸，但是這個山谷裏的動物除了天上飛過的鳥，似乎只有野兔。

他們又向前走了一會，快走到來的時候的那山腳了，忽然，又一隻野兔竄出來，南森立即指揮保羅射擊，保羅

射出一個土塊，擊中了兔子，不過土塊根本就沒有殺傷力，兔子還是很平靜地逃走了。

南森走過去，找到了那枚射出的土塊，笑了笑，隨後望着四周的羣山。

「我們快回去吧。」南森説着加快了腳步。

大家連忙跟上他，南森越走越快，像是趕路一樣，很快，他們就來到了進來時山腳旁，走出這裏，他們回到了雷賽鎮。

「結束了，沒有魔怪，什麼都沒發現，布里奇太太可能要失望了。」派恩説，「可是也沒有辦法……我們開車回去吧。」

「你有發現呀！」南森拍了拍派恩的肩膀，「你剛才好像説過，『又不是著名高峯，誰要去攀爬』，對不對？」

「啊……」派恩眨眨眼，「對，我是説過，那麼小的山爬起來有什麼意思？再説想上那座山從別處也可以上去，沒必要從斷崖爬上去。」

「這是很好的發現。」南森説着笑了笑，「我們現在就回去談談這個。」

「啊？」派恩愣住了，站在那裏看着南森的背影。

「走呀，傻站着幹什麼？」海倫拉了拉派恩，派恩立即跟了上去。

「保羅。」本傑明走過去，小聲地對保羅說道，「博士……好像有什麼發現呢！」

「是嗎？」保羅搖了搖尾巴，「發現恐怖谷一點也不恐怖？」

派恩的這句話給了南森什麼啟示？

他們來到停車場，全都上了車。南森駕車向布里奇太太的麵包店駛去，他的臉上，充滿了自信。

車很快就開到了麵包店，南森把車停下，他們沒有走正門進店，布里奇太太已經叮囑過，今後去二樓就走麵包店側面的門。他們繞到麵包店右側，來到側門那裏，海倫

按下了門鈴。不到半分鐘，門開了，開門的正是布里奇太太。

「南森先生，怎麼樣？」布里奇太太見面就問。

「布里奇太太，您先忙，有些資料我們要核對一下，結果一會就告訴你。」南森對布里奇太太點點頭。

「好，我不打擾你們。」布里奇太太感覺到了什麼，她指着樓梯，「從這裏上去，我就在樓下。」

南森他們上了二樓，一起來到客廳。剛才在汽車上本傑明就問過南森博士是否發現了什麼，南森説回去再説。

「恐怖谷裏有個魔怪，我們剛才處於一種『幻影移動』場景中。」沒等本傑明他們坐下，南森就説，他的語氣倒是非常沉穩。

本傑明還沒坐下，就聽到了這句話，當場就愣在那裏，站也不是，坐也不是，最後索性站了起來。

「博士，你⋯⋯你説什麼？」派恩目瞪口呆地問。

「我想到有問題了，不過我沒有問，如果在恐怖谷裏問，有可能被魔怪聽到。」海倫比較平靜地説，不過她的目光裏也充滿了對答案的渴望。

「海倫做得很對。」南森讚許地對海倫點點頭，「所

以我要大家馬上回來，我可不想在那個假的場景裏呆下去了。」

「假場景？」本傑明走到南森身邊，急切地問。

「一個由魔法控制的場景，我們剛才就在這個場景裏，我們看到的一切景象都是假的。」南森説，「這種魔法被稱作『幻影移動』，很厲害的魔法，也是很宏大的魔法，簡單説就是我們進入的的確是恐怖谷，但裏面的景象全是假的，是故意做給我們看的，迷惑我們的。」

「我聽説過這種手段。」本傑明想了想説，「我想海倫一定也知道這種手段，不過這種手段很少被使用。」

「本傑明，真難得，你居然知道這個魔法，由於使用者少，老師教的時候這也不是重點，學生學起來也不是很認真。」海倫大聲地説。

「我也不是每節課都睡覺的，偶爾也聽幾句。」本傑明説着聳了聳肩，他猛地擺擺手，「先別説我，現在要聽博士講他的發現……」

「對，對。」派恩此時又緊張又興奮，他盯着南森，「博士，你怎麼發現我們到了假的場景中去了？」

第五章　幻影和幻境

「其實剛進去的時候，我也沒有發現什麼。」
南森說，「我一度也認為山谷裏確實沒有魔怪存在，直到
那兩隻突然跑出來的野兔出現。確切地說，是第二隻野兔
出現，因為我觀察到，第二隻野兔無論是體型還是跑動
動作，都是原樣複製第一隻野兔，完全就是一次場景的
重放……注意，我說兩隻突然跑出來的野兔，是指我們向
N90公路方向行進時發現的那兩隻，當然保羅後來攻擊的
那兩隻也一樣。」

　　南森的話震驚了大家，這個細節，大家都沒有注意
的。海倫拼命想着，她完全沒有注意到兩隻野兔完全是一
樣的外貌和一樣的動作。

　　「這非常符合『幻影移動』這個魔法的特點，在這個
魔法場景中，樹木草叢等大都是真實的，不過使用者會隱
蔽掉一些不想讓人看到的場景，而活物，無論是動物還是
人，或者是魔怪，全都被隱藏起來了，你能看到的活物，

都是虛擬出來的幻像，如果山谷裏我們看不到一隻活物，一定會產生懷疑，所以魔法使用者設計了活物，增加真實性。」

「那我們一進去看到的兩隻鳥也是假的了？」本傑明問。

「是的，這個場景中所有的活物都是，兩隻鳥飛行太快，所以我們大家誰都沒注意。」南森說，「野兔看到人後，一般會飛快地跑掉，但是第一隻移動的速度明顯慢了些，神態也一點都不緊張，第二隻也一樣。」

「所以回程時，你就讓保羅攻擊野兔，其實是試探真假。」海倫這次算是完全明白剛才南森的舉動了。

「沒錯，原路返回的時候，我預判到還會有移動的幻影出現，就讓保羅射出土塊試探。」南森點點頭，「大家知道，保羅的導彈發射系統自身有彈射功能，先將導彈彈射出去後導彈再依靠自身的推進系統飛向目標，所以我利用保羅的發射系統，向兩隻再次出現的野兔進行了攻擊。首先，我發現兩隻野兔的神態和移動又是一樣的；其次，我親眼看見兩隻野兔被擊中，正常來說被突然擊中的野兔，會因為驚嚇而加速逃跑，但牠們被擊中後沒有絲毫

異常反應，繼續保持原速跑掉，我還檢查了射出的土塊，如果命中野兔身體，土塊會完全碎掉，但是兩個土塊都射進了草叢，只碎掉一點，基本保持原樣。因此我就完全確定，我們進入的是『幻影移動』的場景。」

　　小助手們聽到這段解釋，都被南森縝密的推理及應對的策略震撼了，應該是年輕經驗少的原因，南森的發現是他們從來沒想到的。

　　「如果用除去彈頭的追妖導彈攻擊，不是不可以，但是當時情況下，只有我知道看到的是『幻影移動』假像，而追妖導彈命中野兔後，即使沒彈頭野兔也會因重擊倒地，野兔要是還能跑掉，你們就會有疑問，就會向我提問。」南森繼續說道，「那麼如果魔怪就在山谷裏，有可能會聽到，接下來就會防備我們了，所以我沒向你們說明更多，我們只能回到這裏來說。」

　　「博士，你想得太周到了。」海倫不禁誇讚起來。

　　「海倫當時應該是發現了什麼，但是我不能直接說明呀！」南森笑了笑。

　　「我是覺得有點奇怪。」海倫連忙說。

　　「我也覺得有點奇怪。」派恩跟着說。

　　「你？」本傑明轉頭看着派恩。

　　「對，不過我這種奇怪你們都看不出來，我就是把這種奇怪埋在心裏。」派恩認真地說，「我可是天下第一超級無敵魔幻小神探。」

「你等於什麼都沒說。」本傑明不屑地對派恩揮了揮手，他看看南森，「博士，如果山谷裏有個魔怪，其實應該發現我們了，否則他怎麼會使用這個法術來迷惑我們？」

「好問題。」南森點點頭，「不過他不可能預知我們汽車壞了，滯留在這裏，也不可能知道我們遇到了布里奇太太，他更不可能三十年來一直趴在山口，等着我們來後實施這種迷惑魔法。『幻影移動』其實是一種長久魔法，一般由一個魔力球或者魔力棒持續散發這種魔法效力，幾十年甚至幾百年一直令進入者身處幻境而自己不知。」

「原來是這樣。」本傑明點着頭，「好厲害的手段。」

「博士，我有個問題。」一直在一邊靜靜地聽着的保羅抬起身子，「我們就置身在魔幻場景中，説明山谷裏就是有個魔怪，或者是很多個，但是我的魔怪預警系統為什麼完全沒有反應？」

「這種法術就是對抗魔法師對魔怪的搜索的，所以自身具備很強的遮罩效果，你發射的探測信號都被遮罩了，幽靈雷達一樣。」南森解釋説，「我們可以推斷山谷裏藏

有一個魔怪，所有失蹤案都和他有關，警察對這種魔怪案件是無能為力的，他只怕魔法師，所以採用了這種鮮見並高難的魔法手段，可三十年前進入山谷的兩名魔法師，還是被這種手段迷惑了。」

「這種魔法手段確實少見，是不是只有頂級魔法水準的魔怪才會使用？」本傑明問。

「大概可以這樣理解，不過個別魔怪的魔法水準不一定很高，但是對此特別有研究，也能使用這個魔法來隱蔽自己。」南森看看本傑明說。

「那我們就找不到恐怖谷裏的魔怪了嗎？」海倫有些焦急地問，「都知道山谷裏有魔怪了，我們要是進去抓魔怪，進入的還是幻影幻境中呀！」

「這就是我接下來要說的了。」南森擺了擺手，「這種魔法不是不能破解，在這種幻境外用暴力攻擊的方式，例如用凝固氣流彈轟擊，一般就能轟破幻境，顯現出真實場景，但是這樣一來，等於在周邊直接告訴魔怪——我們知道你的伎倆，我們來了。魔怪也就立即逃走了。」

「這樣當然不行，這就等於通知魔怪了。」本傑明有些着急地擺着手，「還有別的辦法嗎？」

「有一個辦法，就是找到入口……」南森沉穩地説，「這種幻境覆蓋着整個山谷，目的是為了掩護魔怪，可是魔怪自己不能處於這種假像之中，他要看到的是真實的山谷，而且一旦離開山谷，再返回時沒有入口他自己也會迷惑，所以他會為山谷設立一個或多個入口，從這些入口進入，身處的就是真實環境了，在這個真實環境中，一旦遇到危險，他才能做出應對行動。」

「去哪裏找入口呢？」本傑明還是急着問。

「一般來講，很難找到，魔怪會精巧地設計隱藏性很強的入口。」南森説着忽然笑了，「不過，我們碰到的這個傢伙大概是聰明過頭了，他的入口我已經知道了……」

「博士，你連入口都找到了？」本傑明驚喜地大喊起來。海倫和派恩也立即興奮起來。

「小路東西兩個出口的兩側，都有被開鑿的崖壁，如果開鑿崖壁是為了通路，很好理解，但是那條小路很窄，開在相鄰山腳中間，你們想一想，那條路的兩側距離山腳都有十米以上距離，即使不開鑿崖壁，山腳距離小路也有三、四米以上的距離，根本就不會影響到小路，對不對？」

「嗯，是的，開鑿崖壁完全是多此一舉。」海倫想了想説。

「開鑿出高高的崖壁，根本不是因為影響到了小路，完全是害怕有人從上面攀爬，所以還寫了『攀爬危險』幾個字。」南森説着看看派恩，「派恩剛才也説了，也不是什麼名山，誰要去爬，很好，派恩説到了問題的重點！」

「是嗎？這就説到問題的重點了？我天下第一超級無敵魔幻小神探看問題都是直指要害的。」派恩得意極了，「那麼……是什麼問題呢？」

「崖壁是魔怪開鑿的，魔怪害怕有人從那裏攀爬，爬上去就進入真實山谷了，那裏就是恐怖谷的真正入口，四個斷崖處都是！」南森非常堅決地説，「三、四米高的垂直崖壁，一般人爬不上去的。」

「那裏就是入口？」派恩愣了一下，眨了眨眼睛。

「對，那裏就是。」南森説，「山谷的四面，或者爬山，或者走山腳，都能進入，只有把入口設計在不易進入的險峻地帶，人們才不會輕易進入，否則有些人誤打誤撞也可能進入真實的山谷！」

「明白了，明白了。」本傑明恍然大悟，「也許那

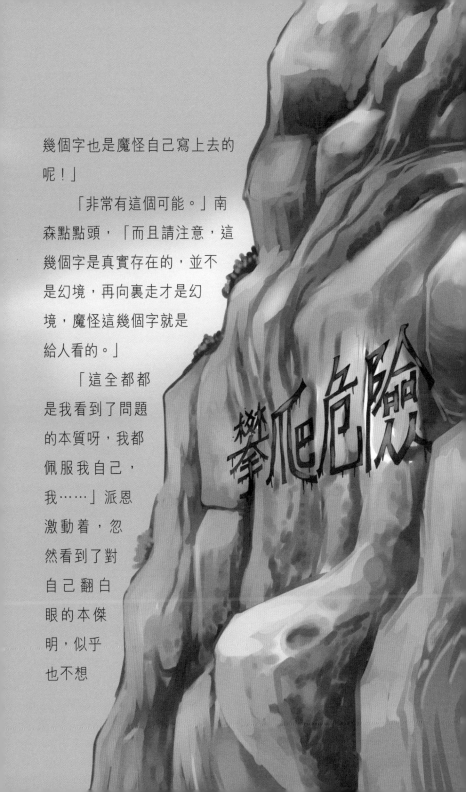

幾個字也是魔怪自己寫上去的
呢！」

「非常有這個可能。」南
森點點頭，「而且請注意，這
幾個字是真實存在的，並不
是幻境，再向裏走才是幻
境，魔怪這幾個字就是
給人看的。」

「這全都都
是我看到了問題
的本質呀，我都
佩服我自己，
我⋯⋯」派恩
激動着，忽
然看到了對
自己翻白
眼的本傑
明，似乎
也不想

攀爬危險

繼續誇獎自己了，「入口都找到了，博士，我們進山去把那魔怪抓出來！」

「本傑明，你去把布里奇太太請上來，有些事我要和她確認一下。」南森説。

本傑明答應一聲，下樓去了。海倫那邊已經給保羅安裝上追妖導彈了，他倆也很激動，沒想到南森去了一次恐怖谷，就有這麼大的發現。

布里奇太太跟着本傑明上了樓，南森看到她後，因為怕她過於激動，比較委婉地告訴她在恐怖谷中大概有了一些發現，接下來要進一步探查。就這樣幾句話，布里奇太太就激動起來，就像是找到了她的丈夫了一樣，南森叫她先冷靜下來。

「布里奇太太，我很想知道，無名小路的兩側的斷崖是誰開鑿的？上面的字是誰寫的？」南森問道。

「斷崖是修路隊開鑿的吧？」布里奇太太想了想説，「最早進山完全沒有路，我和家人進山前大概五、六年，當時恐怖谷裏失蹤過人還是很久很久以前發生的事，很多人並不在意，鎮上請了修路隊，修建了那條無名小路，目的是讓鎮子裏的人能走捷徑到達N90公路。後來我和家人

進山，看到小路兩側的山腳被修整過……應該是被修整過……」

「有崖壁嗎？大概高三、四米的樣子。」南森進一步問。

「我想想……時間太久了……」布里奇太太一副焦急的樣子，過了一分鐘，她看看南森，「好像修整出來一塊崖壁，但有那麼高嗎？大概只有一米多高吧……也許有三、四米高，我實在記不清了。」

「只有一米多高？」南森連忙問。

「大概是吧，我記不清了。」

「崖壁上有字嗎？寫着『攀爬危險』，這幾個字我們剛才都看到了。」

「沒有字吧，我不記得了。」布里奇太太一臉苦笑，「也許有吧……」

「還有誰去過那裏嗎？你可以找別人問一下嗎？」南森看布里奇太太實在是記不起來，説話也模棱兩可，只能請別人幫忙回答問題了。

「有呀，鎮長先生當年也跟警察進山找過我丈夫，他那時候才二十歲，他的記憶力比我好。」布里奇太太説。

「那請給他打電話問問吧，就是問問當年他進山的時候山口崖壁的高度，還有那些字是誰寫上去的？」

「好的。」

布里奇太太說着就拿起電話，打給了鎮長，鎮長很好奇布里奇太太為什麼問這個，不過他很快根據記憶給出了答案，當年他進山的時候，小路入口兩側崖壁似乎一米多高，他也知道現在崖壁高了不少，但他覺得是山石崩塌造成的，至於上面的字，他進山的時候絕對沒有，那是德朗先生失蹤後過了好幾年才有的，不過不是他寫的，他覺得是哪個好心人寫上去的。

南森請布里奇太太安心，他們會盡最大努力去解開恐怖谷的秘密。他還特別吩咐布里奇太太，魔幻偵探所成員在恐怖谷搜索，尤其是有些發現的這件事，不要張揚開去。有什麼發現或者是請求幫助，南森會立即和她聯繫。

布里奇太太答應後，下樓去了，南森像是得到了滿意的答案，儘管布里奇太太和鎮長的答案都不是很精準。

「崖壁一米多高和我們看到的三、四米高的崖壁，是有區別的。」南森看着山谷地圖，「一米多高的崖壁可以攀爬，三、四米就不可能了，這個崖壁可能是魔怪弄高

的，但是人們都沒有太注意。」

「對，鎮長也不知道那幾個字是誰寫的，應該就是魔怪寫上去的。」海倫説道。

「如果答案確切，崖壁是修路隊開鑿成三、四米高，字也是修路隊寫上去的，那麼這裏是不是真實山谷的出入口就令人懷疑了。」南森環視着大家，「但是這一切不確定的答案，正好説明山口兩邊很可能就是真實山谷的出入口。」

「博士，我完全明白你的推理了。」本傑明握着拳頭説，「我們要去實地看看，我們還要再去恐怖谷！」

「對，我們要研究一下。」南森非常嚴肅地望着大家，「我們要再次去那個山谷，我們距離真相越來越近了……」

第六章　再次來到山谷

接下來，南森攤開地圖，和幾個小助手研究起來。不一會，本傑明跑下樓，在樓後的花壇裏找了一個土塊，又跑回了樓上。海倫早就把一枚追妖導彈放置到保羅的發射架上，他們把本傑明找來的一個土塊也放到發射架上，加上原本剩下的兩個土塊，發射架上有一枚導彈和三個土塊。

「我們還會遇到動物的，我會指揮你射擊。」南森蹲下身子，看看保羅，「如果這次被擊中的動物出現正常反應，就能確定我們進入的真實場景。」

「老保羅，你可注意呀，射擊小動物可不能發射了導彈，我們可就這一枚呀，而且是用來攻擊魔怪的。」派恩在一邊有些不放心地提醒。

「你懷疑我的系統程式嗎？」保羅不屑地晃着頭，「該發射什麼我知道……」

「只有一枚導彈。」南森在一邊自言自語，「但願這

66

一枚不要用上。」

　　大家又討論了一番，馬上就到中午了，布里奇太太送午飯上來。南森告訴她，吃過午飯，他們將再次前往恐怖谷，布里奇太太又是一陣叮囑，叫他們千萬小心。

　　午飯過後，南森他們下到樓下，上了汽車。南森開車向鎮西那個停車場駛去，也許是受到恐怖谷這個危險地方的影響，南森他們發現鎮子上的人特別少，車輛少，行人也少，路過的商店裏倒是有人走動，整體看，小鎮非常的安靜。

　　車到了鎮西的停車場，他們下了車，這裏向前五十多米，就是一座山的山腳，山腳下是非常茂密的樹林，樹林裏雜木橫生，不方便穿行。如果從這裏通過，走到山頂上再下去，就是恐怖谷了。

　　他們向無名小路那裏走去，很快就再次來到那裏。南森向身後看了看，四周無人，這裏一片安靜。

　　「唸隱身口訣。」南森向幾個小助手下令。

　　「唰——」，南森說完後自己先唸了隱身魔法口訣，身形一下從空氣中消失了，幾個小助手也各唸口訣，全部消失了，路口這裏頓時顯得更安靜了，無人看到他們過

來，更無人發現他們消失。南森他們要進真實的山谷搜索，一定不能讓魔怪發現。南森已經讓保羅查過資料，處於幻境中的他們看不到真實的山谷，而通常情況下，山谷裏的魔怪也很難看到幻境中的他們，雙方都被「幻影移動」這個魔法給遮罩了，但是一旦進入真實環境，那麼躲在暗處的魔怪就極有可能先發現他們這幾個搜索者。

隱身的人相互之間能看到，他們一起來到路口右側的崖壁那裏，這裏是他們計劃好要進入的地方。南森走到崖壁下，看着那幾個字，他用手摸了摸一處字跡，並近距離看了看。

「字是用紅漆寫上去的。」南森壓低聲音，對小助手們説，「但是二、三十年的紅漆一定有剝落，這幾個字還這樣鮮亮，肯定是被人補過漆的。」

「一定是魔怪補的。」本傑明也壓低聲音説。

「嗯。」南森點點頭，他指了指崖壁上的小山，「我們上去。」

隨後，南森唸輕身術口訣，飛到了崖壁上，幾個小助手也飛了上來。崖壁上是小山的山體了，山體之上有稀疏的樹木和灌木，沿着山體向上近百米，就是山頂了。

　　山的坡度不是特別陡，但是也有一定的坡度，他們借助着那些樹木和灌木，向上攀爬，並儘量不發出聲音。此時他們還不能完全確定進入了真實的恐怖谷，他們看到的場景，就是一處山坡，是否已經進入到真實的恐怖谷，或者説這裏是不是真實山谷的入口，還要進一步確定。

　　不到十分鐘，他們終於上到了山頂，向西面的山下看，就是恐怖谷了，恐怖谷的樣子和他們早上看到的幻境幾乎是一樣的，起碼在山頂之上他們沒有發現什麼不同，只不過此時天空中有了很多陰雲，氣氛比早上要壓抑了很多。從他們這個方向延伸四公里就是恐怖谷的西端，南北的寬度則大概有三公里多。

　　南森揮揮手，他們開始下山，向恐怖谷行進。下山的路比剛才更加陡峭一些，他們都很小心，這裏的路看來從沒有人走過。他們抓着那些樹幹，儘量不讓鬆散的石塊滾落。

　　南森邊下山邊注意觀察着動物，如果此時能有一隻動物出現，他就能確定是否進入到了真實環境之中。

　　他們小心翼翼地下到山腳，本傑明快到谷底的時候，差點翻滾下來，還好被海倫扶了一把。他有些害怕的下

來，坐在地上喘着粗氣，他倒不是害怕滾下來，就是怕翻滾的時候草木亂動，驚動了很可能存在的魔怪就不好了，如果那樣，還不如使用魔法飛下來，不過此時使用隱身術就已經很耗費魔力了，還是省下些魔力，也許一會就展開對魔怪的圍捕呢！

到了谷底後，南森向四下觀察着，保羅早就用魔怪預警系統發射探測信號了，在這樣的空曠地帶他的探測距離有一千米，幽靈雷達的探測距離大概有他的一半左右。

「先看看有沒有動物。」南森急着確定自己是否進入真實環境，指揮幾個小助手去找尋動物。

「那裏，那裏有一隻野兔。」海倫站在一塊石頭上，指着五十多米外的一處草地。

五十多米外的草地上，果然有一隻兔子，靜靜地臥在那裏。草地此時比較枯黃，野兔的毛髮也是黃褐色的，確實不太容易分辨，不過還是被海倫發現了。

「老伙計，用土塊打牠一下。」南森叫過來保羅。

保羅已經打開了導彈發射架，瞄準了那隻野兔。野兔還是在那裏臥着，南森他們都是隱身的，野兔根本就看不到他們。保羅「嗖」地射出了一個土塊，土塊筆直地飛

去，一下就命中了野兔的後背，野兔當即跳了起來，足有半米多高，落地後急速奔逃，幾秒鐘就不見了蹤影。

「一切表現正常。」南森笑了笑，看看幾個小助手，「我們在真實的環境裏。」

「我們一定能找到魔怪。」本傑明看着野兔遠去的方向，「魔怪用幻境迷惑我們，就説明他還在這山谷裏！」

「沒錯。」南森説完指着不遠處的一座小山的半山腰位置，「那裏好像有個山洞，山洞才是魔怪藏身的地方，他不可能生活在草叢裏或樹下。」

「博士，我覺得四周的山洞比較多，我們被迷惑的時候，山洞幾乎看不到。」海倫指着四面的環山，「現在看上去樹也比『幻影移動』中的樹多。」

「是呀。」南森説着向那座小山走去，「先看看這個山洞吧，大家都要小心，別弄出大的聲響來。」

海倫他們跟着南森向那座小山前進，走了兩、三百米，他們來到了山腳下。保羅接連向山上發射探測信號，但是沒有任何魔怪反應。

南森叫大家上山，這個魔怪魔法水準可不低，有可能用別的魔法遮罩掉或減弱他的魔怪反應，所以他們要親自

去看一看，檢查每一個魔怪可能藏身的山洞。

這座山的坡度並不陡峭，他們小心地攀爬上來，臨近半山腰，南森擺擺手，小助手們全都停了下來。南森獨自接近到山洞旁，他小心地把頭探過去，向山洞裏張望着，發現這是一個不算深的山洞，高不到兩米，根據洞口的雜草亂生狀態，他判斷這座山洞不會有魔怪居住。

南森走到洞裏，向裏面看着，山洞寒氣逼人，光線極暗。南森向後面的小助手招招手，示意他們可以來了。

海倫他們飛快地進到山洞裏，南森用夜視眼向最裏面看着，這是一座平淡無奇的山洞，沒有魔怪居住，連動物也沒有。

「這裏太淺，一般不會被魔怪用來作為藏身的地方。」南森指着裏面説，「山洞越深，不但越能遮蔽光線，更能遮罩魔法師的探測。」

「博士，現在我們通常用幽靈雷達，以前的魔法師探測魔怪用什麼方法？」派恩問道，「據説恐怖谷幾百年前就有人失蹤過，那時候的魔法師怎麼探測魔怪呀？」

「一般用發聲球，一種圓形小球，能發出極低的聲波並反射回來，魔怪的身體反射回來的聲波特別異常。」南

森解釋説，「但是極低的聲波還是能被魔法高深的魔怪聽出來，而且聲波遇到障礙物完全沒有穿透力，會被完全遮罩掉。」

「那可比幽靈雷達差遠了。」派恩點點頭。

「對，幾百年前的技術了。」南森説，「我們走吧……現在我們要環繞着山谷進行搜索，山谷裏的那些小山丘也要去看看，山丘下要是發現地穴，也有可能是魔怪藏身的地方。」

按照南森説的，環繞山谷對山上的山洞和山谷裏的小丘進行搜索，工作量還是很大的，他們要儘快在天黑之前完成搜尋工作，進入暗夜，不僅搜尋工作會變得艱難，如果發現魔怪，抓捕工作也會更加艱難。

他們下到山腳，南森向下一座山望去，他此時使用的是遠望眼的魔法，類似於望遠鏡，能很好地看到遠處的景物，保羅也有這種功能。

「那邊那座山，不到半山腰似乎有個山洞，我們過去看看。」南森指着三百米外的一座小山説，這座山高一百多米，山上的林木比較多。

大家向那座山走去，本傑明和派恩走在最前面，沒走

74

　　幾步，忽然，本傑明站住了。

　　「不要動。」本傑明擺了擺手，小聲說道。

　　大家立即緊張起來，以為本傑明發現了什麼。本傑明則是不慌不忙地，他的手指向前指了指。

　　前方十多米處，有一個很小的水塘，水塘呈圓形，大概有五、六十平方米大小，裏面的水很多，水塘周圍都是雜草，有些草就生長在水塘邊緣的水裏。大家看到，水塘的邊上，有一隻很大的青蛙，一動不動地蹲在那裏。

　　「你們先等一下。」本傑明對大家笑了笑，隨後悄悄地走了過去。

　　本傑明是隱身的，青蛙看不到他，所以一直蹲在那裏沒有動。本傑明輕手輕腳地走到青蛙旁邊，慢慢了蹲下去，隨後猛地一伸手，抓住了那隻青蛙。青蛙掙扎了幾下，但是被牢牢抓住，隨

後不動了，連叫也沒叫。

「博士，真的青蛙，這裏不是幻境。」本傑明非常高興地説。

「放了吧。」南森點了點頭，「也好，更加直接地驗證我們所處的環境。」

本傑明把青蛙放在地上，青蛙連蹦帶跳地逃進了小水塘裏。看着青蛙跳進水塘，南森抬頭看看要去的小山，揮了揮手。

大家繼續前進，這裏有好幾處小水塘，他們繞過水塘，來到了山下。從山下望去，有一個山洞就在距離地面不到四十米的地方，掩映在一片樹林中。南森揮揮手，他們攀爬着向山洞行進，上山的路很好走，他們可以抓着樹幹前進，沒一會，他們就來到了山洞旁。

南森轉身叫大家停下，自己走了過去，山洞的洞口處在一小塊平地上，洞口的灌木和雜草不是很多，也沒有被踩踏的痕跡，看起來不像是有魔怪頻繁進出的樣子。南森小心地探出頭，向裏面張望了一下，沒有發現裏面有什麼異常，只是覺得這個山洞比較深，有種深不見底的感覺。

看看沒什麼情況，南森對小助手們招招手，他們連忙

走了過來。南森走進了洞裏，山洞高不到兩米，寬度差不多，洞口的兩側都是巨大的石壁，石壁有些潮濕。海倫的手碰到石壁上，感覺非常冰涼。

南森向裏走了兩、三米，發現山洞有個明顯的轉彎，他們跟着轉了進去，裏面非常深。

「在這裏點一盞亮光球外面不會發現這裏有亮光。」本傑明走到南森身邊，詢問道，「我把這裏照亮看看，沒有什麼魔怪痕跡我們就出去了。」

南森表示同意。本傑明點亮了一個亮光球，亮光球頓時把山洞裏照得如同白畫，向裏看去，大家才發現，前面又是一個轉彎，冷冷的寒氣從前面直撲過來。

本傑明控制着亮光球向裏走去，他第一個轉了進去，裏面是一條長長的通道，似乎不再有轉彎了，而且顯得更加寬敞。

「本傑明，小心點，別走太快。」海倫在本傑明身後提醒道。

「知道。」本傑明隨口說，「啊——」

第七章 骨架

突然，本傑明的前方的地面上出現了一副人體骨架，他只看着上面，沒注意腳下，一腳踢了上去，確切地說，踢到了那人的手臂骨，他低頭一看，發現了那副骨架，嚇得大叫起來，身後的海倫和南森立即握拳準備迎戰，派恩愣在了那裏，他的幽靈雷達可是什麼都沒發現，保羅也一樣。

本傑明後退了幾步，差點摔倒，南森連忙扶住他，他

也看到了那副在地上的人體骨架。

「不要慌——」南森把本傑明拉到自己的身後，向裏面看了看，再向前不到五、六米就是山洞的盡頭了，亮光球把這裏照得很是明亮。

本傑明已經恢復了常態，作為一個會魔法的小魔法師，他連魔怪都不怕，但是突然出現的這一幕的確會驚嚇到他，令他措手不及。南森已經蹲在地上，看着那副骨架，海倫也走了過去。

這副人體的骨架就像是實驗室裏的教學骨架一樣，白白的，徹底沒有皮肉，但是骨架上方仍有一片片碎布，明顯是這個人的衣服。

「博士，這裏有一支長槍，斷了。」派恩發現快到洞底的地上有一隻斷成兩截的長槍，連忙向南森報告。

「這裏還有一把小刀。」海倫發現骨架不遠處有一把小刀，忽然，她看到小刀旁還有一行刻在地上的文字，「博士，還有文字呢！」

「先不要動這些東西。」南森立即提醒大家，「再看看四周還有什麼。」

大家立即在四周找尋起來，南森則走到小刀旁邊，蹲下身子，看着刻在地上的文字，那是一行明顯用小刀刻出來的文字。這時，海倫和本傑明走了過來，說沒再發現什麼。

「這……這是什麼字？」派恩也圍過來，想唸出那行字，但是發現看不懂。

「古英語，西元前五世紀到十世紀英國使用的文字，和現代英語很不一樣。」南森說着開始唸道，「山、山裏……住在……我只認識這幾個單詞，老伙計……」

保羅立即走了過來，南森指了指那些文字。保羅點點頭，雙眼射出一道淡淡的白光，掃描了那行文字。

「我用翻譯器翻譯出來了。」保羅搖晃着尾巴說，

「古英語，意思是『山裏有妖怪，住在最……』沒有了，就這幾個字。」

「沒寫完。」南森説着站了起來，他看了看那副骨架，「應該是德朗先生的骨架，就是那個進山谷尋找布里奇先生的高中老師。」

「你是怎麼判斷的？」海倫説着指了指斷成兩截的獵槍，「是因為那裏有一把獵槍？」

「對，這是一個證據，德朗先生是帶着一把老式的獵槍進山谷的。」南森説，「還有一個證據，就是這行字，這是用古英語寫的，剛好德朗先生是英文教師，這種文字現在早就不用了，而一個英文老師對此有研究就很正常的。」

「可是為什麼用古英文寫這行字？」派恩問。

「看看這個現場，槍都斷成兩截了。」南森指着地面説，「這是德朗先生在向別人報信呢，他一定遭遇到了魔怪，並被魔怪追殺，在被害前用隨身帶的刀刻下這行字。我們都知道，魔怪和人一樣，在哪裏長居就使用哪裏的語言和文字，德朗先生看過魔法書，應該也知道這點，如果用這個地區使用的法文來寫，魔怪看到後一定會抹去這行

字，如果用誰也看不懂的古英語寫，魔怪看不懂，也許就顧不上這行字了，人類發現這行字則一定會找到專業人士翻譯出來，事實上這行字確實保存了下來。」

「遭遇魔怪的時候能做到這樣，夠冷靜。」海倫感歎起來，「這就可以完全證明了，這座山谷裏的確有個魔怪，而且是住在……這個『最』後面沒有來得及寫字，應該是最高峯吧？」

「最低的山峯才五十米，很快就能爬上去，魔怪不可能住在最低的山上，所以應該是最高峯，確切説是最高峯的山洞裏。」南森點點頭，他走到骨架那裏，蹲了下去，「我們來看看，還有什麼線索，死者已經給我們非常明確的資訊了……」

南森一片一片地掀開蓋在骨架上的破衣料，骨架下露出兩件東西，一串鑰匙，還有一個小木盒，由於年代已久，木盒已經散開了，木盒裏有四發子彈。南森把這兩件東西都拿起來，放在一旁，他撿起一枚子彈，走到斷成兩截的獵槍旁，比劃了一下。

「子彈是這把槍的……」南森站了起來，「應該是德朗先生隨身攜帶的……我們可以簡單地復原一下當年的情

景，德朗先生持槍進山，遇到了魔怪，他逃到這個山洞，知道躲不過去了，就用刀在地上刻字，不過魔怪隨即追來，德朗先生可能開槍了，但是沒用，槍被折斷，自己也被害，魔怪不認識地上的字，也就離開了這裏。」

「過程應該就是這樣，可是……德朗先生怎麼進入到真實的山谷中來的？」海倫有些不解地問。

「也是找到入口進來的？但是這個可能性極小，他只看過幾本魔法書，不會什麼魔法。」南森想了想說，「也許他來的時候，魔怪還沒有使用『幻影移動』這個法術，所以德朗先生輕易地進來了。」

「好，我明白了。」海倫很是悲楚地看着德朗的遺骨，「那麼我們記下這個山洞，處理了魔怪再通知德朗先生的家人，我們現在……」

說着，海倫看了看南森。

南森把整個現場又看了一遍，沒有再發現什麼別的東西，他把獵槍和子彈、鑰匙，還有那把小刀都放在了一個角落。

「我們出去找整個山谷的最高峯，德朗先生已經給我們指示了方向。」

他們向山洞口走去，臨到洞口的時候，本傑明收起了亮光球。大家先後出了山洞，他們沒有急着下山，而是站在洞口向四面的環山瞭望着，他們要找到最高的那座山峯。

「那一座，對吧？應該就是那座。」海倫指着遠處的一座山，那座山在山谷的北面，她不放心地問身邊的派恩。

「嗯，就是那座山。」派恩點着頭説。

「高211米，距離我們2921米。」保羅在一邊説，「我已經測算出來了，以我測算的資料為準。」

「走吧，我們去抓魔怪。」派恩説着開始下山。

他們一起來到山下，隨後堅定地向那座山前進。德朗的指向大大減少了他們的工作量，否則一個個山洞找去，到了晚上也找不完。確定了山谷中的確有個魔怪，還知道了魔怪的大概方位，他們倒是都不那麼激動了，但是一種臨戰的迫切感開始激勵他們了，那魔怪殺了德朗先生，還有很多失蹤的人，他還可以操控「幻影移動」這種魔法，一定不那麼好對付。

他們是沿着山腳前行的，由於隱身了，所以不用借助

樹木的掩護。距離那座山不到兩千米，保羅就開始向山上發射探測信號了。

「要是發現山洞，山洞裏有那個魔怪，我看乾脆就讓保羅向裏面發射一枚導彈，了結那個兇殘的傢伙。」派恩走在南森身邊，小聲地建議道。

「不能這樣……」南森搖了搖頭，「具體的處理辦法到了現場再説，一切都不會那麼簡單的……」

南森像是有一些心事，派恩也沒有再多説什麼。很快，他們距離那座山不到一千米了。

「保羅，有發現嗎？」本傑明急着問，「現在的距離在你的探測範圍內了吧？」

「沒有呀！」保羅很是焦急地説，「現在是九百米距離，要是有魔怪應該有反應了。」

「啊？」派恩叫了起來，「幾十年了，魔怪搬家了吧？」

「小點聲。」海倫不高興地提示道。

「噢。」派恩連忙不説話了。

海倫用幽靈雷達向那座山搜索着，儘管還沒有到幽靈雷達的探測距離。保羅拼命地向前跑着，爭取距離那座山

更近。很快，他就和大家拉開了一百多米的距離。

保羅很是着急，此時即使不是在這種空曠的地帶，如果魔怪存在，他的魔怪預警系統也能找到目標了，可是系統此時毫無反應，他可真怕撲個空，也許派恩説得對，魔怪已經搬家了。

南森他們緊緊地在後面追趕，保羅先來到那座山的山腳下，過了幾分鐘南森他們才趕到，他們距離山頂不到兩百米，海倫手裏的幽靈雷達毫無反應，本傑明和派恩的也一樣。

「怎麼樣？」南森追上去問，保羅已經站在那裏，仰着脖子，直直地看着山頂。

「博士，我探測到魔怪反應了，距離我們151米。」保羅一字一句地説。

「啊？」海倫聽到這話，一愣，「我的雷達什麼都沒有發現呀！」

「魔怪反應非常弱，但是我找到了。」保羅一直看着山頂，「魔怪的反應信號被遮罩了很多，我捕捉到很少，幽靈雷達估計距離50米才能有所反應。」

「這個傢伙，有相當的手段。」

　　南森邊説邊看着這座山谷裏的最高峯，山坡上的林木眾多，還有大片的灌木叢，山的坡度陡峭，明顯和周圍的山勢不一樣。

　　「上面有個山洞，魔怪反應就是從裏面反射出來的。」保羅走到南森身邊，小聲説，「應該只有一個魔怪，我只能測出大概是個人形，但是信號斷斷續續的，很不穩定。」

　　「足夠了。」南森觀察着上山的途徑，他緊皺着眉頭，「我們上去，就全清楚了。」

　　説着，南森走到山腳下的一棵樹旁，雙手拉住樹，向上邁了兩步，然後依靠着樹幹，看了看上方的情況。保羅跟在南森身後，向上一躍就跳到了山坡上。

　　「從這裏上去，這裏坡度稍微緩和點。」南森轉頭對幾個小助手説，「注意，千萬不要弄出聲響，跟在我和保羅後面，我倆會觀察路上有沒有機關暗器。」

　　小助手們都點點頭，隨後跟着南森向上攀爬，南森非常謹慎，上面就是魔怪的巢穴了，而有些狡猾的魔怪是會在巢穴周圍設計機關的，一旦觸碰到這些機關，會有暗器射出，關鍵是魔怪也會因此得知有人前來。南森小心地拉

着樹幹向上，每前進一步，他都會看看前方的道路有無絆線，當然，最起作用的還是保羅，他的攀爬技術一流，不需要借助樹木也能上行，而且抓地力極強，他的雙目射出兩道淡淡的白光，掃描着前方，有任何絆線機關，他都能及時發現。

山洞在接近山頂的地方，攀爬了一百多米後，山勢忽然平緩很多，保羅和南森也沒有發現什麼機關暗器。由於距離靠近的原因，保羅的預警系統中的信號比山下更清晰了，但是他還沒有分析出山洞裏是何種魔怪。

又往上爬了幾十米，南森爬到了山洞的位置，上方是一個很大的平台，地勢基本上是水平的，平台向裏五、六米就是山洞的洞口。南森把頭探出去，看到這個山洞洞口大概兩米高，一米多寬，呈現出圓形，和其他的山洞並不太一樣，這個山洞有微弱的光從裏面散發出來，山洞前似乎還有些布置，沒有雜草和灌木，洞口附近倒是長着一些漂亮的野花，有紅色的，有黃色的，還有紫色的，把山洞口這裏點綴得很好看。

南森第一個跳上平台，他看到有一塊大石頭，儘管自己是隱身的，他還是躲到了石頭後。幾個小助手也躲了過

去，山洞裏還是微微散出光亮，但是一點動靜都沒有。

「博士，我也捕捉到魔怪信號了。」海倫用幽靈雷達指着山洞方向，「幸好我們有了德朗先生的指路，否則誰知道這麼近的距離才能探測到信號呀，有可能都放棄了。」

「是個人形的魔怪。」保羅説着用徵求的目光看着南森，「我……有一枚追妖導彈。」

「盡量抓活的。」南森説，「如果一枚導彈擊斃了他，很多謎團可能就永遠解不開了，幾百年前的失蹤者，還有三十年前的失蹤者布里奇先生，永遠就是一個謎了。」

「我明白了。」保羅認真地點點頭。

「山洞有多深？」南森問保羅。

「最少三十米，裏面還有幾個通道，還有轉折，所以我的探測受阻。」保羅回答道。

「好……派恩和保羅留在這裏，監視着裏面的情況，他要是出來，千萬不要動，他沒有防備，看不到你們的。」南森開始了布置，他看看海倫和本傑明，「我們到山頂去，然後下到背面看看山洞有沒有其他出口，否則展

開攻擊他可能從別的洞口跑了。」

　　海倫和本傑明點點頭。南森拍拍派恩，帶着海倫和本傑明繞過石頭，從山洞側面十多米的地方爬上山頂。山頂這裏倒是比較平坦，他們從三個方向開始下山，尋找山洞可能的另一個出口。南森向下的方向正好是山洞的正背面，他一直向下了六、七十米，沒有發現任何的洞口。

　　南森回到了山頂，海倫已經等在那裏了，過了不到一分鐘，本傑明也爬了上來，他倆都沒有發現有另外的洞口。

　　南森揮揮手，他們原路返回，再次來到洞口前的石頭後。南森告訴派恩和保羅，沒有發現別的洞口。

　　「博士，裏面的那個魔怪剛才似乎動了動，不過信號還是不夠好，我現在還未檢測出到底是個什麼魔怪。」保羅説。

　　「一會就知道了。」南森點點頭，「海倫和本傑明跟着我進去，派恩和保羅也跟上，不過你倆貼在洞口兩側，我們去抓魔怪，要是他衝出來，派恩進行攔截，他要是衝破派恩的攔截，老伙計，你就用追妖導彈炸他，不用等我指令……明白了嗎？」

「是。」小助手們一起低聲答道，他們個個摩拳擦掌，等候着一場大戰。

南森又向洞口看看，然後一揮手，自己第一個從石頭後走了出來，小助手們連忙跟上。

一切都是那麼平靜，山洞裏什麼聲音都沒有，微光似乎比剛才還要弱了，空氣中一絲風都沒有，大家儘管隱身，但似乎都能聽到自己和別人的呼吸聲。

距離山洞的洞口不到三米，南森他們準備進洞，派恩和保羅一左一右準備把守住洞口的兩側，忽然，洞口那裏盛開的鮮花——大概有二十朵，一起將花朵轉向南森他們。

「呼——」，二十團濃郁的花粉帶着沁人肺腑的芬芳，一起撲向南森他們。

「小心——」南森看到那些花朵一起轉動，感覺事情不好了，他大喊一聲，隨即屏住了呼吸，小助手們反應則沒有那麼快，花粉猛地籠罩住他們，他們立即昏迷過去，唯獨沒有受影響的是保羅，他本身不用呼吸，花粉籠罩住他後，他還是清醒的。

南森看身邊的本傑明倒地，連忙去扶他，這時，洞口

上方已經開出了一個圓形的小洞，裏面飛出一張巨網，一下就把南森他們一起裹住，並開始收緊。巨網裏，有屏着呼吸的南森，有清醒的保羅，以及昏迷過去的海倫、本傑明和派恩，他們三個緊閉着雙眼，根本就不知道自己被巨網包裹起來了。

第八章　溫馨的房間

本傑明醒來的時候，先是被一片暖光晃了一下眼睛，也許是一直閉着眼睛的緣故，他馬上又閉上了眼睛，隨後慢慢地睜開，眼睛慢慢地適應了外界的光。他覺得這種桔黃色的光很溫暖，就像是夕陽照耀一樣，他的身體似乎都溫暖起來。

他轉了轉頭，看看四周，發現自己躺在一張牀上，牀上的鋪蓋都很溫暖，空氣中瀰散着淡淡的幽香。本傑明慢慢地坐了起來，他不知道自己在哪裏，這是一個很大的房間，房間裏布置得非常古典，家具就像是中世紀宮廷的一樣，牆上還掛着幾張大幅的油畫，其中一張畫着一個和藹的老者，一身古代裝束，好像是個貴族。這個環境太溫馨了，本傑明一陣迷惑，他拼命回憶剛才的事情，但是想不起什麼來，他隱約記得自己和南森走在一條山路上，好像要去什麼地方。

「啊，尊貴的客人，你醒了？」一把溫暖的聲音傳

來。

　　一個身材高大的男子走了過來，他大概五十多歲，和畫上的人很像，但是要年輕一些，不知怎麼，本傑明覺得他的樣子有些彆扭，不過看着他那一臉和藹可親的笑容，本傑明也就不在意什麼了，那人一直笑瞇瞇地望着本傑明，由於身材高大，他還微微地彎着腰。

　　「我這是在哪裏呀？」本傑明好奇地問，這裏的一切都讓他感到新奇，更感到舒適。

　　「這是我家呀，我叫佩勒，你叫本傑明？歡迎你來到我的莊園。」高大的人說，「噢，你的伙伴都醒了，是他們告訴我你的名字的，你看……」

　　佩勒說着指了指不遠處的沙發上，只見海倫和派恩都坐在那裏，笑瞇瞇地看着本傑明，海倫的手上還端着一杯茶，本傑明似乎都能聞到茶香。

　　「好像，我還和……」本傑明想了想，「南森博士和保羅在哪裏？我們一起來的，我們要去一個地方……」

　　「你說南森先生？還有那隻小狗？」佩勒笑了，「他們都在樓上，南森先生在休息，噢，現在最好不要叫醒他。」

「好的。」本傑明點點頭，「我……我想起來了，我們好像是去抓魔怪的，我們怎麼會在這裏？」

「佩勒先生說我們遇到了危險，滾了下山，他救了我們，把我們帶到了他的莊園裏。」派恩在一邊說，「佩勒先生可是個大好人。」

這時，門開了，一個個子不高的男子低着頭，端着個托盤走進來，托盤上有一個杯子，那人一直低着頭，看起來像個僕人。

「庫特，快給客人上茶。」佩勒指揮着那人。

「是。」叫庫特的人連忙走到牀邊，不知為什麼，他走路時總伴着「嘩嘩」的像金屬碰撞時的響聲。他看上去有些蒼老，大概有六十歲了，他走路比較緩慢。

本傑明連忙接過那杯茶，他確實有些口渴了，他端起杯子喝了一口茶，感覺好極了。

「你們能來到我的莊園，我真是太榮幸了。」佩勒一直笑着，不過他有些嚴肅地看看庫特，「你快下去吧。」

庫特一直站在本傑明身邊，聽到佩勒的話，轉身向大門走去，他走路還是有些「嘩嘩」的聲音。

「南森先生估計還要休息一會呢！」佩勒說道，「那

麼，尊貴的客人們，你們這是要去哪裏呀？聽說你們要去抓魔怪，很可怕呀！」

「我們是倫敦魔幻偵探所的魔法偵探，要去抓一個藏在恐怖谷裏的魔怪，這個魔怪害了不少人。」海倫放下茶杯，説道，「噢，你的房間這個味道真舒服。」

「那個魔怪殺害了一個叫德朗的人，德朗先生是三十年前進山尋找他的朋友布里奇的，布里奇進山失蹤了。」派恩在一邊補充道。

「噢，好像有些複雜呢！」佩勒問，「那個叫恐怖谷的地方，經常有人失蹤嗎？」

「幾百年來失蹤了好幾個了。」本傑明説。

「那麼你們怎麼知道的呢？是誰把你們從倫敦請來的嗎？」

「巧遇，我們的車壞了，在恐怖谷旁的雷賽鎮修車，遇到了布里奇太太。」海倫説。

「噢，原來是這樣。」佩勒先生連連點頭，「那麼你們就進山谷尋找魔怪了，還順利吧？我想你們很快就找到目標了，因為你們都是偉大的魔法師呀！」

「才怪呢！」海倫搖了搖頭，「很不容易的，一開始

我們就進入到一種叫『幻影移動』的虛假場景中，這可是魔怪精心設計的，還好被南森博士識破了……」

「『幻影移動』？有意思，那麼南森博士是怎麼識破的呢？」

「場景裏跑動的野兔動作速度都一樣，就像是複製的，即使用土塊打上去牠也是慢條斯理地逃走，一點都不像受到驚嚇的樣子。」海倫繼續説，「所以南森博士就懷疑了，他還通過進山小路兩邊的崖壁推斷出那裏才是真正的入口呢……」

海倫把南森發現小路兩側是入口，崖壁上的字是魔怪寫上去的推斷也告訴了佩勒，佩勒對此似乎格外關注，連連誇讚南森博士。

「派恩醒過來的時候説過，你們好像都找到魔怪的家門口了，後來不小心掉下山，噢，我剛好路過，救了你們。」佩勒説，「那麼你們進入到真實的山谷中，一下就找到了魔怪的家門口嗎？山谷很小嗎？」

「遇害的德朗先生告訴我們的……」海倫説。

「啊？他都遇害了，怎麼……」佩勒大吃一驚。

「是這樣的，他遇害前用刀在地上刻了字，説魔怪在

最高峯，字是用古英語寫的，魔怪看不懂。」本傑明接過話説，「要是一座山一座山的找，不知道要找到什麼時候呢！」

「噢，這個德朗先生真是聰明呢，真是沒想到，沒想到……」佩勒一直坐在海倫他們對面的沙發上，此時他站了起來，「噢，本傑明，你也坐到沙發上去吧，我叫庫特把牀鋪收拾一下。」

「我自己來。」本傑明連忙説。

「不用，不用。」佩勒擺擺手，「他要換一下枕頭，我看這個枕頭不是很適合你……」

「噢，真是太謝謝了。」本傑明連忙點點頭，站起來走到沙發那裏坐下，「我們還要住很久嗎？」

「要看南森先生的意思了。」佩勒説着站了起來。

「噢，博士還沒有醒呢！」海倫向門口看了看，「保羅怎麼還不下來？」

「他還在休息吧？」佩勒説着向沙發這裏走來。

「保羅休息？他不需要休息的！」海倫有些吃驚地説，「他是機械狗，從來不用休息的。」

「機械狗嗎？有意思，不過這已經不重要了。」佩

勒站在沙發旁，忽然，他那和藹的臉色變了，變得非常的冷酷，他瞪着海倫他們三個，手突然指向他們，「迷離幻象——解除——」

「呼——」的一聲，一切全都變了，房間變得陰暗起來，所有華麗的家具都不見了，一張巨大的網飛撲向三個小助手，把他們緊緊地裹在了一起。海倫他們掙扎着，喊叫着，但無濟於事，誰都不知道怎麼會發生這樣的突變。

「哈哈哈——」一陣淒冷的狂笑聲傳來，暗黃色的光中，佩勒走到了那張網的旁邊，他也變了，身高還是那樣，但是他的渾身長滿了長毛，腦袋上的頭髮也垂下來，變成了長長的毛髮，他的臉布滿了皺紋，外表看起來就像是一個人猿，他的後背也駝了起來。

整個的房間此時已經變成了一個山洞，剛才那些華麗的家具無非就是一些石桌和石凳，本傑明休息的牀鋪是一張石牀，牀上的枕頭就是一塊方石，牀上還鋪着一些草。整個山洞的頂部有一顆發着暗黃色光的石頭，那個叫庫特的男子彎着腰，惶恐地站在角落裏，他的樣子倒是沒什麼變化，只是衣裳比起剛才看來有些破爛不堪，他的腳上，有一副鐐銬。

「博士——救命呀——」派恩在網中掙扎着，網眼很小，他連手都伸不出來，全身被緊緊地束縛，他心慌地看着那個人猿，「你、你是誰？」

「我是你們要找的魔怪呀，哈哈哈……」人猿狂笑起來，「你們剛才看到的……哈哈哈，還是幻影，不過我的名字不假，我就是佩勒，殺死德朗的佩勒……你們想見那個南森嗎？哈哈哈哈，來見他吧！」

說着，佩勒一把拉起網的一端，拖着向一個通道走去。三個小助手緊緊地被包裹在一起，他們想施展魔法展開攻擊，但是被緊緊地包裹着，動都不能動，只能叫喊。

「你這妖怪——放開我們——」本傑明不甘心地大喊着，他知道佩勒不會把他們帶到什麼好地方去的。

「上當啦——上當啦——上當啦——」派恩痛苦地喊叫着。

佩勒拖着那張網，通過了一個長長的通道，前面，有一個寬大的山洞，他把海倫他們拖進山洞裏，這個山洞的洞口只有兩張小石凳，再無其他東西。一進去，海倫他們就能感到一股熱浪襲來。本傑明看到，山洞的正中央的地面上，有一個直徑大概兩米、圓形的井，井上有個圓形的

柵欄蓋子，一股股的小火苗正在往上竄動着。

「來，來，馬上就見到你們的南森了，哈哈哈……」佩勒拖着他們三個，來到了圓井旁。

「你這個妖怪，你——」海倫也開始罵了起來，三個人的罵聲交織在一起。

佩勒蹲下身子，打開了井蓋，他伸頭向下看看，下面濃濃的火焰正在翻滾着，這好像就是一個火井，火井很深，火焰距離井口有十多米。佩勒把井蓋挪到一邊，隨後把那張網舉了起來，伸到井口，開始用力抖網，他嘴裏唸着什麼，網口突然張開。

「啊——」本傑明第一個掉了下去。

「啊——」派恩隨即也掉了下去。

「啊——」海倫的身體掉下火井了，不過她雙手揮舞，抓住了井沿。井下的烈焰非常炙熱，海倫努力地爬上來。

佩勒看着海倫，露出猙獰的邪笑，他用腳猛踩海倫的雙手，海倫一陣疼痛，終於鬆開手，掉了下去。

「哈哈哈哈……」佩勒笑着向火井裏看了看，三個人早就不見了蹤影，都被烈焰吞噬了，佩勒非常得意。

　　佩勒蹲下身子，把井蓋扣上，隨後站起來，抖了抖身上厚厚長長的毛。

　　「庫特——庫特——」佩勒説着向外走去，「我要睡一會——給我扇扇子——」

第九章　飛出火井

本傑明再次醒來的時候，發現四周非常炙熱，他迷迷糊糊的，感覺到身子下面都是桔紅色的光，忽然，他發現自己緊緊地靠着牆壁，身子懸在空中，像是要掉下去一樣。

「啊——」本傑明叫了一聲。

「本傑明，不要叫——」南森的聲音忽然傳來。

本傑明立即不叫了，他發現南森就在對面，兩人相對不到一米，南森的身體也緊緊地貼着牆壁，保羅就在南森身旁，他居然笑着對本傑明吐了吐舌頭。本傑明發現四周是圓形的，他感到臉的旁邊有什麼東西，仔細一看，居然是一雙腳，抬頭看去，他的上方是派恩，而他左側幾乎一樣的位置，居然是海倫，他倆都靠着牆壁，就像是被懸掛在那裏一樣。

「我、我死了嗎？」派恩的聲音從上面傳來，他也醒來了。

「同問，同問。」本傑明說。

「我的手痛死了。」海倫也清醒了，「這裏熱死了。」

「你們都小聲點。」南森做了一個壓低聲音的動作。

「你們被扔下來的時候，博士隱身術和定身術一起使用，把你們定在這裏，或者說把你們吸在這裏了，而且你們現在是隱身的，誰也看不見。」保羅說，「當然，我們被扔下來的時候博士也這樣救了我們自己。」

「噢，博士，這是怎麼回事？」本傑明一臉不解地看着南森，他的聲音壓低了不少，「我們剛才先是在一個漂亮的房子裏，還有個很和藹的人，後來一切都變了，有個人猿魔怪把我們用網罩了起來，對，他還有個幫兇……」

「那不是幫兇，真笨呀，那是布里奇先生。」海倫糾正道。

「啊？是布里奇先生？」本傑明愣住了。

「布里奇太太家的客廳裏就有布里奇先生和太太的合影，好幾張呢，你也不看一看。」海倫用抱怨的語氣說，「他明顯老了，但模樣一眼就能認出來。」

「這……這都是怎麼回事呀，博士？」本傑明的眉毛

都擰了起來。

「進山洞的時候，那些花一起轉頭，向我們噴出花粉，我看到花朵集體轉頭，明白中了圈套，但是已經晚了，這是魔怪設立的很厲害的機關，防不勝防。」南森開始了解釋，「我只叫了一聲，但意識到我要是張嘴提醒你們，花粉噴入，就連我也會昏迷，所以只能先屏住呼吸。這種花朵轉頭噴出花粉的招數，叫做『迷離幻象』，和『幻影移動』差不多，都是迷惑人的，中招的人先短暫昏迷，醒來後看到的都是假像，使用這個招數的魔怪是要用假像套取我們的真實意圖，被問話的人基本沒有一點防範意識。」

「就是說我們中招了，昏迷過去了。」本傑明感到害怕，不知道中招後對那魔怪說了什麼，「但是你是清醒的？」

「對，我是清醒的，我用了遮罩呼吸的咒語，一小時內不呼吸也不至昏迷……」

「還有我，我也是清醒的。」保羅跟着說。

「對，保羅也是清醒的。」南森說，「但是我倆都被網纏住了，無法動彈，纏住我們的是一張魔網，接下來，

那個魔怪就出來了，確切來說，他是個人猿怪，猿猴類的魔怪，外形和人近似。他魔力很高，看出我沒有昏迷，同時他以為保羅只是隻寵物狗，我倆對他來說沒什麼用了，他要了解我們為什麼來這裏，利用幻像套話，有你們三個昏迷過去的人就夠了，所以他把我們拖到這裏，把井蓋打開後，唸了魔咒，打開了網，把我和保羅拋進火井，你們還是留在網裏，他想先燒死我們。」

「不過博士唸了定身口訣和隱身口訣，我倆被吸在牆壁上。」保羅搶着說，「那人猿怪伸頭看了一眼，以為我們掉下去被燒死了，就蓋上井蓋走了，一定是去騙你們了。」

「人猿怪把我們拖進山洞的時候，我也看到了布里奇先生，他一臉惋惜地看着我們，但是明顯束手無策。」南森繼續說道，「人猿怪走後，我倒是可以鑽出去攻擊他，但是你們都處於昏迷狀態，我和他交戰怕誤傷你們和布里奇先生，另外你們中的『迷離幻象』魔咒只有他才能順利解開，如果我擊斃了他，解開這個咒語可就難了。我想你們被套話後，一定會被解除魔咒，這種咒語使用在你們身上也耗費他的魔力的，所以他會儘早收回，而你們無非就

是兩個結局，一是被扔下來，我正好守在這裏接住你們，還有就是和布里奇先生一樣變成奴隸，那樣我再衝上去救你們也一樣，結果是他不需要新奴隸，我想他知道你們和布里奇不一樣，你們是魔法師，所以他下了殺手。」

「明白了，全都明白了。」海倫說着一驚，她捂着自己的嘴，「我們剛才一定中招了，我和他說過什麼呀？」

「這不是很重要，他無非就是想弄明白我們從哪裏來，怎麼知道他在這裏。」南森說，「在被迷惑的情況下，你們一定也說出了實情，他今後一定會對『幻影移動』的場景有所改進，不過……他沒這個機會了。」

「我們這就去把他活捉，噢，這裏可真熱，我要離開這個地方。」派恩連忙說。

「我也要離開這裏，我還要離開你的腳。」本傑明扭着頭，不看臉旁派恩的腳，「拜託你今後多洗腳，你的鞋也要多洗一洗……」

「還嫌我？剛才被綑在網裏，你的腳就搭在我臉的旁邊，我被熏得差點再次暈過去……」

「等等……等等……」海倫這時叫了起來，她的聲音略大，好像都壓不住了，看起來她有些着急，「本傑明，

派恩，你們先別説話……」

「怎麼了？」派恩連忙問。

「人猿怪又是『幻影移動』，又是『迷離幻象』，我們怎麼知道這不是另一個虛假環境呢？也許魔怪在繼續利用我們。」海倫説着有些不好意思地看看南森，「對不起，博士，我實在是擔心，所以懷疑你現在是不是真的博士，我實在不能確定現在這個場景就是真的……」

「別這麼説，博士會不高興的，我相信這是真的南森博士。」派恩叫了起來，「沒有他我們早就被扔進火裏了。」

「不會的，我不會不高興的，海倫這樣認真，這樣的警惕，是我們魔法偵探必須具備的。」南森用力點着頭，「這樣説吧，海倫，你剛來偵探所的時候，我們去蘇格蘭辦理一個案子，你有個技術失誤差點暴露我們，事後你為此自責，還哭了，我勸了你半個小時。本傑明，你剛來偵探所沒一個小時，就和海倫爆發了『名校之爭』，為了劍橋偉大還是牛津偉大爭了半個小時。最近以來，你們很少爭論了，因為你的爭論物件轉向了派恩。派恩，你最愛説的話——天下第一超級無敵魔幻小神探……不知道這樣説

你們相信我了嗎？」

「相信啦，相信啦——」海倫連忙點頭，「博士，我那次哭實在是覺得我的那個失誤太低級。」

「我知道，我知道。」南森擺擺手説。

「牛津大學本來就是比劍橋大學偉大……」本傑明小聲地説了一句。

「劍橋大學才是最偉大的！」海倫聽到後立即説道。

「好了，停止——」南森立即做着禁止爭吵的動作，「沒想到你們在這裏都能爭起來，也怪我，可以説一些別的事來證明我是真的……」

「哈哈哈，哪個偉大也不如我天下第一超級無敵魔幻小神探偉大……」派恩看着海倫和本傑明，嘲笑起來。

「閉嘴——」海倫和本傑明一起喊起來。

「好了，好了，我們馬上出去吧，這裏可真夠熱的，還好我們是魔法偵探，適應異常環境的能力比常人強十倍。」南森説着看看小助手們，「你們先唸輕身術口訣，我唸鬆綁口訣讓你們脱離定身，你們浮上去後唸穿牆術口訣越過井蓋，出去後先不要亂走……」

小助手們連忙答應着，開始唸輕身術口訣。

「輕輕的身體飛上去⋯⋯」本傑明唸了口訣後，立即感到一股強大的浮力，但是身體依舊被吸在牆壁上，這個感覺不是很好受，海倫和派恩也是一樣。

南森低頭看看下面的火焰，然後用手指了指本傑明他們，唸了一句魔法口訣。

「呼──」的一聲，本傑明他們三個立即被解除了定身術，身體開始快速上浮。就要接近井蓋的時候，他們開始唸穿牆術口訣。

「擋不住我的心也擋不住我的身。」本傑明唸了句口訣，他的身體一下就穿越了井蓋，來到了地面上。

海倫和派恩隨後出現在本傑明的身邊，他們收起輕身術口訣後，全部躲在山洞的一角，並警惕地看着外面，此時他們還都是隱身的，即使是人猿怪進來，他們不主動發起攻擊，人猿怪也發現不了他們。

南森和保羅也一起飛出了火井，南森看到本傑明他們，帶着保羅走了過去。

「博士，我們現在就殺過去？」派恩看到南森過來，連忙問。

「不要急，我們來商量一下怎麼解決人猿怪，他的魔

力可不低，而且布里奇先生也在，這麼小的空間，可千萬不能傷到了布里奇先生。」南森説道。

「對，一定要把布里奇先生救下來，布里奇太太還等着他呢！」海倫非常堅決地説。

「老伙計，測一下魔怪在什麼位置。」南森低頭看看保羅。

保羅立即直立起身子，看着洞外。隨後報告了魔怪的位置，他在三十多米外的一個大山洞裏，那裏就是剛才人猿怪迷惑本傑明他們的地方，應該是他的老巢。

「抓捕他前，先把布里奇先生弄到這裏來。」南森想了想説，「另外，如果展開攻擊，這個魔怪一定能感覺到，反抗會很激烈……」

「把布里奇先生帶到這裏來後我就發射導彈，他來不及反應的。」保羅的語氣充滿了憤怒，「我有一枚導彈！」

「抓活的！」南森比較平靜地説，「很多沒有解開的謎都要問他……這樣吧，他苦心設計了『幻影移動』這樣的虛幻場景騙人，那麼我們就還給他一個『幻影移動』！」

「什麼？還給他……『幻影移動』？」本傑明先是愣了一下，隨後疑惑地問，海倫他們也都疑惑地看着南森。

「我們如果和他硬拼，我們可能也會受傷，要用點計謀……」南森說出了自己的計劃，小助手們邊聽邊點着頭。

南森的計劃是什麼呢？
怎樣還給人猿怪一個
「幻影移動」？

116

第十章　眾多南森

安排妥當之後，幾個小助手來到洞口這裏，海倫和派恩守在左側，本傑明和保羅守在右側，南森走到洞口中間，看看小助手們，點點頭，小助手們也都點點頭。南森向洞外的通道走去，他大概知道了人猿怪的這個藏身之所的內部由幾個山洞組成，山洞之間有通道相連，人猿怪住的是主洞。

南森是隱身的，他小心地沿着通道走了三十多米，通道裏比較暗，前方則露出了暗黃色的光，南森似乎聽到了一些動靜，他放慢了腳步，一點一點地挪向前面的山洞。

前方一個大山洞顯現出來，南森走到洞口，向裏面望去，只見人猿怪背對着自己，坐在石牀上，旁邊的石桌上放着一個罐子和一個杯子，人猿怪忽然拿起杯子，喝了一口，不知道他喝的是什麼。在山洞的一角，大概距離石牀有七、八米的地方，布里奇先生坐在地上，毫無表情地低着頭，他的頭髮全都白了，看起來要老很多。

　　南森小心地進了山洞，向布里奇先生那裏走去，一絲聲音都沒有，同時他緊緊地盯着人猿怪，很快，他就來到了布里奇先生的身後。

　　「千萬不要喊。」隱身的南森上去一把先捂住了布里奇先生的嘴，同時把嘴巴貼近布里奇的耳朵，「我是魔法師，是來救你的，布里奇太太一切都好。」

　　布里奇略微掙扎了一下，他確實差點喊出來，但是被捂着嘴，根本就發不出聲，他聽到了南森的話，立即安靜了下來。他剛才看見人猿怪抓住了幾個魔法師，還把他們扔進火井裏，看來現在沒那麼簡單，魔法師還活着。布里奇激動起來，而那個人猿怪背對着布里奇，什麼都沒發現。

　　「找機會離開這個山洞。」南森繼續發出指令，「如果能完成，就稍微抬一下你的左手，找不到機會就抬右手。」

　　布里奇很是僵硬地抬了抬左手，隨即放下。

　　「很好，我在你旁邊，我會保護你，現在我鬆開你，你找機會離開這裏，最好去有火井的那個山洞。」南森的眼睛一直看着人猿怪，「動一下左肩表示同意，我會鬆開

你。」

布里奇連忙動了動左肩，南森慢慢鬆開了布里奇。布里奇看了看身邊石桌上的一個沙漏，站了起來，走到人

猿怪身後，他的腳鐐「嘩嘩」地拖在地上，看上去非常沉重。

「佩勒先生，是時候要加焰粉了，我現在就去加了。」布里奇對人猿怪説。

「去吧。」人猿怪頭也不回。

布里奇走到一個石櫃旁邊，從裏面拿出一個小罐子，端着罐子，拖着腳鐐慢慢地走向前往火井山洞的通道。南森就跟在

他身後，邊走還邊看着人猿怪。

「你不要説話，更不要慌，一直走到前面的山洞裏，然後就在裏面，不要出來，我們來解決一切。」走進通道二十多米後，南森壓低聲音説。

布里奇端着罐子的手激動地顫抖着，這是幾十年來，第一次有人類和他説話，儘管這個人還看不見面孔。

海倫他們看着布里奇走進了通道，也看到跟在後面的南森，看來一切順利，布里奇被解救了出來，他們都很高興。

進了山洞，南森一把就把布里奇拉倒一邊，隨後顯出了真身。布里奇看着南森，眼淚都流下來了。

「這裏就他一個魔怪，對嗎？」南森要清楚地探明情況。

「對的。」布里奇顫巍巍地説，他把罐子放到了身邊的壁洞裏。

「好，呆在這裏，不要動。」南森説着對布里奇的腳鐐一指。

「唰」，一道光射向腳鐐，隨後腳鐐上左右腳的鎖扣全都打開了，布里奇頓時脱離了束縛，他激動地看着南

森，但不敢説話，他真的很想問問布里奇太太的情況。

南森唸了句口訣，再次隱身。他步向通道，並對小助手們招了招手。海倫他們連忙跟上，布里奇則靠在牆壁前，激動得不知所措。

南森他們很快就來到人猿怪的那個山洞，人猿怪此時坐在石牀上，低着頭，像是在想着什麼。

不用南森叮囑，三個小助手走到了山洞出入口的那條通道前，保羅留在原地，怒視着人猿怪。南森則慢慢地從正面靠了過去，距離人猿怪不到三米，他猛地舉起雙拳，身體猛地一躍，拳頭狠狠地砸向了人猿怪。就在拳頭距離人猿怪不到半米的時候，他感覺到了襲來的風聲，連忙一閃，南森的拳頭打空了。

「顯身──」人猿怪翻滾到一邊，對着南森站立的方向一指，南森立即顯出了真身，人猿怪看到南森沒有死，吃了一驚，「你──」

「千噸鐵臂──」南森的雙手突然變長，隨後重重地砸向人猿怪。

人猿怪連忙閃身，「轟──」的一聲，南森的雙臂砸在石桌上，石桌頓時被砸成兩截，碎石四處飛濺。

「爆錘——」人猿怪看到南森一出手就極為兇悍,他唸了一句口訣,雙手頓時變成兩個圓圓的大錘,掄起來就砸向南森。

南森連忙用手臂去擋,只聽「咣——」的一聲,他倆手臂碰撞處,火花四濺,並發出巨大的金屬撞擊聲響,他倆各自倒退了幾步,隨即各自站住,瞪着對方。

「魔法師——」人猿怪咬着牙,一字一句地説,他的雙眼裏射出了想要覆蓋南森的烈火,隨即猛撲上來,「啊——」

「咣——咣——咣——」,人猿怪的爆錘重重地對着南森連砸三下,南森雙手護着身子,用力迎了上去,每擋一下錘擊,山洞的地都要震顫一下,空氣也跟着巨大的響聲震動。

人猿怪狠砸三下後,後退了幾步,南森毫髮未損,他稍微有點氣喘吁吁,剛才那三下狠擊,耗費了他很大的能量。南森這邊,雖然擋住了錘擊未受傷害,但是千噸鐵臂似乎都有彎曲了,雙方都感到了對方的巨大實力。

「啊——」人猿怪大喊一聲,揮着爆錘又要打上來。

「等一下。」南森做了個停止的動作,大聲喊道,他

似乎聽到了什麼，「啊，『我』來了——」

　　人猿怪當即就愣住了，不過他真的沒有再向前衝，有些發愣地看着南森。南森就在這裏，不知道他為什麼説「我來了」。

　　「來了——」本傑明興高采烈地跑了進來，但是此時他已經變化成了南森的模樣，「哇，你們已經打上了？」

　　「我一個人打你，確實比較吃力。」南森指着本傑明説，「這是魔法師九號，還有魔法師一、二、三、四、五、六、七……也就一百多號吧……」

　　「啊？」人猿怪愣住了，他確實看到了兩個一模一樣的南森，聽到一共有一百多個這樣的魔法師，心裏更是一驚。

　　「噢，忘了介紹了，我是魔法師三號。」南森指着本傑明，「我們不是孿生兄弟噢，我們都是被設計出來抓你的。」

　　「啊——」人猿怪可不想和南森囉嗦了，他憤怒地撲向了南森。

　　「為什麼打他不打我？看不起我魔法師九號嗎？」本傑明上前就攔住了人猿怪，隨後一拳就打了上去。

人猿怪連忙撥開本傑明的出拳，一腳踢了過去，本傑明向後一跳，躲閃開攻擊。他站在原地，冷笑着，突然一抬手。

「凝固氣流彈——」隨着本傑明的口訣，一枚凝固氣流彈猛地飛向人猿怪。

人猿怪看到這個新來的魔法師九號射出氣流彈，連忙低頭，氣流彈從他頭頂上方飛過去，擊中了牆壁，隨後「轟」的一聲爆炸。

「哇——」人猿怪很是生氣，叫了一聲後一甩手，三枚閃亮的桔紅色光球直奔本傑明的頭部，本傑明連忙躲閃，光球命中牆壁，把牆壁炸得石塊四濺。

南森看到人猿怪攻擊本傑明，繞到他的側面，一腳踢了上去，人猿怪向前一跳，差點被踢中，他很是憤怒，轉身又去攻擊南森，這邊本傑明又撲了上來，一拳就打在人猿怪的身上。

「啊——」人猿怪沒喊叫，倒是本傑明叫了起來，他打在人猿怪身上就像是打在鋼鐵上，手腕似乎都差點斷了。

「不能用一般的拳——」南森連忙提醒道。

「鋼鐵拳——」本傑明立即唸了一句魔法口訣，他的雙手被白光覆蓋，隨即雙手變得像是包裹着金屬一樣，握拳的時候都有金屬撞擊聲。

本傑明揮拳就打過去，人猿怪用手擋開本傑明，本傑明又是一拳，再被擋開，這邊南森也是連續出拳，人猿怪倒是從容應對，可以明顯看出來，這個魔怪非常能打，應對南森和本傑明似乎遊刃有餘。他們你來我往地交手，這時，通道那邊一陣跑動聲。

「來啦——來啦——魔法師十五號——」派恩喊叫着跑了進來，他此時也變成了南森的模樣，「魔法師十五號閃亮登場——」

「你們？」人猿怪很是吃驚，這次是他先停下手來，看着山洞裏三個一模一樣的南森，有點發暈了。

「一個魔法師打你會很累。」派恩嘻笑着說，「所以我們一個個地趕到了，放心，要打你的魔法師正在趕來，看看你的人緣，要打你的人都排隊⋯⋯」

「來吧——來吧——」人猿怪喊叫着。看到越來越多一樣的魔法師，雖然自己很能打，法術也高超，但是他心裏還是有些緊張了。

　　他喊的時候，派恩飛起來就踢了過去，人猿怪連忙接招，他向左一閃，隨後一拳打向了踢空的派恩，不過他的身後明顯感到一陣風聲，想躲但是來不及了，本傑明一腳就踢在他的後背上，人猿怪倒是沒有受傷，但向前一個踉蹌，南森的鋼鐵臂隨即砸了過來，人猿怪就地一滾，總算是躲過了攻擊。

　　三人一起圍攻人猿怪，人猿怪奮力抵抗。南森已經叮囑過，這個魔怪非常厲害，所以本傑明和派恩和他交手的時候也都很注意，盡量不被他的拳腳碰到，更不去硬碰他的反擊。

　　保羅一直在他們交手的周邊轉來轉去，此時他還是隱身的，他好不容易看準了一個機會，衝上去對着人猿怪的腳踝就是一口，隨後快速退到一邊。

　　「哇——哇——誰咬我——」人猿怪感覺到了疼痛，大叫起來。

　　「來啦——來啦——」海倫這時變成了南森的模樣，大喊着衝了進來，「魔法師五十一號來了——」

　　「你們？」人猿怪倒退到牆角，確保身後不會被攻擊，他看着衝進來的海倫，似乎有些絕望了，自己再能打

但是也招架不住這麼多魔法師。

「打他——打他——」

海倫身後的通道裏，忽然響起了無數的聲音，只見五、六個「南森」也要跟進來參戰，海倫連忙去阻攔他們。

「地方太小，請排隊，先來後到，請遵守秩序——」海倫大叫着，張開雙手攔着那些「南森」。

「叫他們分成二十組，我們打累了讓他們一組一組的上。」南森對海倫喊道，「誰叫他們遲來……」

「自己去分組，自己去分組。」海倫邊把他們往外推邊説，「魔法師三號説了，都怪你們來得晚，到外面分組去——」

山洞裏的打鬥全都停下來，人猿怪洩氣地看着通道那裏，本傑明和派恩也看着那裏。他倆想笑但是不敢笑，那五、六個「南森」都是海倫變化出來的，這就是給人猿怪看的虛幻場景，之所以安排海倫最後一個出場，就是因為除了南森外，只有她能變化出那麼多個「南森」，人猿怪看到這麼多的「南森」，心理上受到的打擊才是最沉重的。

　　海倫「好不容易」勸走了眾多「南森」後，衝了進來，她看了看山洞，搖了搖頭。

　　「喂，大怪物，這裏太小了，你到外面去挨打好不好，外面地方大……」

　　「你們、你們不講規則……你們這麼多個打我一個……」人猿怪靠着牆壁，氣喘吁吁地説，他確實有些崩潰了，就算他戰勝了十個、二十個魔法師，還有更多的魔法師。

　　「殺人魔怪還講規則呢！」海倫冷笑着説。

　　「再打幾分鐘，換下一組啦！」南森不失時機地説，「每組打他的時間不能超過十分鐘……」

　　「你們欺負人——」人猿怪大叫着撲向南森，「我——」

　　「嗒——嗒——」兩聲，人猿怪的兩隻眼睛各中了一個土塊，發射土塊的正是保羅，在這裏顯然不能使用追妖導彈，他忽然想到自己的發射架裏還有兩個土塊，隨即發射出去。

　　人猿怪被擊中雙眼，慘叫着捂着眼睛，倒退回牆壁。

　　「你們、你們還使用暗器——」人猿怪的精神算是完

全崩潰了，他捂着眼睛，坐到了地上，「魔法師怎麼這麼多？魔法師怎麼這麼多？」

「哈哈——」保羅説着顯出身形，「老保羅的非常規戰術——」

「厲害，厲害！」本傑明大聲誇讚着。

海倫和派恩已經拋出了綑妖繩，將人猿怪牢牢綑住，南森不放心，自己上去也綑了一根。人猿怪毫無反抗，這樣打下去自己怎麼也會被打敗的。被綑起來的人猿怪低着頭，靠着牆壁，非常絕望。

第十一章　佩勒

「心理打擊。」海倫走到南森身邊，誇讚地説，「否則不知道要和他打到什麼時候呢！」

説完，海倫唸了句口訣，變回了自己。本傑明和派恩也變回了自己。人猿怪感覺到了什麼，抬頭一看，發現自己扔到火井裏的魔法師全都在，他更加吃驚了，同時他也知道了，除了一個真南森，另外的都是幾個小魔法師變化的。他明白自己上當了，憤怒地扭動着身體，還咆哮着，但是他被綑妖繩牢牢地綑着，根本就無法掙脱。

「好了，別掙扎了。」本傑明走過去，用腳踢了人猿怪一下，「你給我們設計了兩個場景，『幻影移動』和『迷離幻象』，我們給你一個『人物眾多』不行嗎？」

「你們——你們——」人猿怪也説不出什麼，只是在那裏咆哮，不過他發現擺脱不了束縛，掙扎的力度逐漸小了。

這時，海倫已經把布里奇先生帶了出來，布里奇看到

人猿怪被抓，上去又踢又打，嘴裏也憤怒地叫喊着，派恩和海倫連忙把他拉開。

「布里奇先生，你是三十年前被他抓住的？」南森走過去問。

「對，我到山谷裏採摘些漿果，被他抓住了，他把我變成了奴隸！」布里奇瞪着人猿怪，「他給我戴上腳鐐，我戴這這個腳鐐走到洞口就走不動了，他囚禁了我三十年，動不動就打我，還給我起了庫特的名字……」

說着，布里奇先生很痛苦地哭了起來。南森連忙走過去安慰他，布里奇先生才慢慢恢復了一些平靜。

「他設計了一個迷局，變換了整個山谷的場景……」沒等南森發問，布里奇自己說了起來，「維持這個場景需要一個魔力球發出魔法，而這個魔力球的能量需要火井的火焰燃燒驅動，他煉製了一種焰粉魔藥，是一種高能燃燒劑，我每四個小時就要把這種焰粉扔進火井裏，否則火焰會熄滅，那個假的場景也就消失了，他不可能每四個小時就去投擲焰粉，就讓我來幹，我在這個山洞裏三十年，從來就沒有出去過……」

「用魔力球維持假場景……你怎麼知道的？」南森

問。

「他得意的時候自己說的。」布里奇指着人猿怪說，「有了這個假場景，外人就永遠發現不了他了。」

「魔力球在什麼地方？」南森問。

「在這個山洞。」布里奇指着一個通道，「這裏通向的山洞裏有那個魔力球，放在一個罐子裏，罐子通過一根管子連通火井，火井的火焰能量支持魔力球發出魔法能量。這個怪物也在裏面煉製焰粉和各種魔藥。」

南森點點頭，他把布里奇拉倒一邊，叫他先休息一下，一會就會把他帶回雷賽鎮。隨後，南森走到了人猿怪身邊。

「本傑明，他叫什麼？」南森指着人猿怪問，「佩勒嗎？」

「對，他叫佩勒。」

「好，那麼佩勒，這一切都是怎麼回事？」南森蹲下身子問道，「我知道你可能不想開口，那麼先說說我的判斷，你看對不對……我第一眼看到你，噢，一個人猿怪，猿類變化成的魔怪，根據我多年的經驗，人猿怪靠吸食人血維持魔性，每一百年要吸食一個人的鮮血，所以，

雷賽鎮幾百年前的失蹤者，就是被你吸血害死的，他們應該是進入山谷後被你抓走殺害的，所以這個山谷被稱作恐怖谷。平常的時候你倒是不需要吸血，不是你不想，是因為頻繁害人會引來魔法師的大規模追殺，一百年害一個，周期拉長，會沖淡人的記憶。不過三十年前，你抓住了布里奇先生，殺害了進山搜索的德朗先生，騙過了警方和魔法師，你並沒有吸食布里奇先生的血，德朗先生應該也是對你開槍你才下殺手的，我查看布里奇失蹤的前一個失蹤案，兩個案子之間相隔不到七十年，所以說你抓布里奇不是因為要吸血，我這些判斷，都對吧？」

佩勒抬頭看看南森，沒有說話，也沒有否認，然後低下了頭。

「你抓布里奇，是因為你早就在試驗『幻影移動』的虛幻場景設置，因為你想在這裏長期隱居，你終於試驗成功，但是每四個小時就要向火井裏投放焰粉，你有時候可能要離開山谷幾天，但火井裏的火焰不能熄滅，所以你需要一個奴隸，布里奇進山，你就選中了他，對不對？」

「對。」佩勒瞪着南森說。

「很好！」南森其實基本推理出整個事件的來龍去

脈了，佩勒抵賴也沒什麼意義，「德朗先生，就是那個帶槍進山被你殺害的人，他失蹤後魔法師也來了，如果沒有幻境，魔法師發現你的魔怪反應，不算很難，但我想他們一定進入了幻境，所以才什麼都沒發現，也就是説，德朗先生被殺害後，你正式啟動了這裏的幻境，第一個被你騙的，正好是魔法師，對不對？」

「對！」佩勒繼續瞪着南森，「都知道了還問？」

「我還是很想知道，德朗先生遇見你的時候，你一定還未設置好幻境，否則他進入不了真實環境的，也就遇不上你。」南森也盯着佩勒問，「他是怎麼遇上你的？」

「抓來布里奇後，我就啟動了魔力球，然後開始檢驗幻境效果，因為剛設立的緣故，效果很不好，我在山洞進進出出調整效果，最終測試快完成的時候，剛出山洞就遇到了他，這完全是巧合，警察來找布里奇的時候，嘈雜聲我聽到了，就使用魔法迷惑了他們。我都不敢想像這個叫德朗的敢一個人進山，結果他毫無聲息地進山，我沒發現。」佩勒也不抵賴，「相遇後，他就向我開槍。我去抓他，他就逃跑，我一直追，他跑進一個山洞，向外開槍，我衝進去殺了他。我看到他刻的那些字，但我不認識，就

沒再理會。後來我調整好幻境效果，所有的山洞都被幻境覆蓋了，只有我知道谷裏的真實情況，我也就沒有去埋他的屍體，反正誰也找不到這裏了⋯⋯沒過多久來了兩個魔法師，我就知道他們會來，果然他們什麼都沒有發現。」

「魔法師來之前你還欺騙了搜山的警察，你自己也説對警察使用了魔法，具體使用什麼魔法？」

「對付這些不會魔法的人，太容易了。」佩勒很是不屑，「發現警察進山，我隱身對他們唸了迷幻咒，他們便看不到山洞了，更別説發現我了。」

「你沒有想過對警察或修路隊展開攻擊吧？」

「我沒那麼傻，那麼多人，我一次不可能全抓到，跑幾個出去一喊，我在這裏就不是秘密了。」

「這個我倒是相信。」南森指着洞外，「山谷小路崖壁你也動過手腳了，修路時開鑿的崖壁不高，人們可以輕易爬上來，你一定把崖壁鑿高了，人們攀爬就困難了。」

佩勒沒説話，只是點了點頭。南森還想問什麼，佩勒突然看了看他。

「我使用『迷離幻象』問過你的幾個助手了，你從那些字看出了破綻。」佩勒搖着頭説，「我真的多此一舉

了……設立好『幻影移動』的同時我就把崖壁開鑿好了，一開始我沒有寫字，後來我總是覺得不安心，我怕人從那裏進來，就去寫了字，每隔幾年還去補漆……哎……」

「門口的那些花，讓人產生『迷離幻象』的花也是你設計的？」南森打斷了他。

「哎……外人靠近洞口三米就會噴花粉。」佩勒説着捂着頭，又是一聲歎息，「可惜沒有防住你！」

「我們的幽靈雷達在很近的距離才能發現你，你用了什麼手段？」

「也沒什麼，就煉製了一些魔藥，盡量減弱這裏的魔怪反應。我常年就煉這魔藥，我想在這裏常年生活下去，當然越隱蔽越好。」

「最後一個問題，你以前一定不是生活在這裏的！」南森斬釘截鐵地説，「這個區域從來就不是人猿怪的出沒地。」

「六百年前，從阿爾卑斯山來的。」人猿怪低着頭説。

「六百年，你在這裏吸了六個人的血。」南森喃喃地説，「加上德朗和布里奇，你最少害了八個人！」

　　「博士，要是一百年害一個人，根據布里奇太太給我們看的那本雷賽鎮的歷史書，我算了一下，再過兩年，他又要出來害人了。」一直在一邊靜靜地聽着的海倫走過來說。

　　「是呀，還差兩年。」南森深邃的目光看着外面，「不過這個山谷不再是恐怖谷了。」

　　「他怎麼辦？」本傑明指了指佩勒。

　　「我去搗毀那個魔力球，你們打電話給比利時的魔法師聯合會。」南森說着向剛才布里奇指的山洞走去，「他涉及的案件最少八宗，詳情魔法師聯合會要一一核實……」

尾聲

半個月後，倫敦的魔幻偵探所裏，大家全都在，南森在電腦前看着什麼，海倫拿着一封信在讀，信是放在一個包裹裏一起寄來的，寄包裹的正是布里奇夫婦。

「……我先生的身體已經恢復了很多，只還是怕見陽光，醫生説再過半個月就會完全恢復了……」海倫唸着來信，「噢，這可太好了。」

「長期不見陽光，都是這樣的。」本傑明在一邊説。

「……隨信寄給你們我們親自研磨的咖啡，請嘗嘗味道……」海倫繼續唸道，「噢，不用嘗，隔着包裹就能聞到味道，真香呀，一定好喝……」

「我還是覺得她家的果汁味道不錯。」派恩半靠在沙發上，「讓她寄些果汁來……」

「噢，派恩，你還真不客氣。」保羅在沙發前説。

「是呀，不用客氣，回來的時候，布里奇太太拉着我的手説我們是大恩人。」派恩很是得意地説，「我覺得也

是……」

「布里奇先生能儘快恢復就好了！」南森一直在聽着海倫唸信，「啊，好了，你們上午的魔法史課程測驗的成績也都出來了，我來唸一下分數……海倫，五分，本傑明，三點五分，派恩……」

「多少分？」派恩看南森突然停住了，瞪大了眼睛，「四點五分？不會是五分吧？」

「一分……」南森皺着眉，假裝生氣地看着派恩。

「啊——」派恩跳了起來，衝到電腦前，看着自己的分數，果然是一分，「這個……怎麼會……這個……」

「是一分呀！」本傑明也湊過來，嘲笑地說。

「這是『幻影移動』！或者是『迷離幻象』！」派恩指着電腦熒幕，很認真地、一字一句地說，「這不是真的！」

「哈哈哈……」海倫和本傑明看着派恩的樣子，全都笑了起來。

麥克警長，蘇格蘭場（倫敦警察廳）高級督察，南森和警方的聯絡人，也是一名大偵探，屢破奇案。當然，他所偵辦的都是人類世界中的案件。一起來看看他偵辦過的案件，運用你的推理能力，想一想他是如何破案的呢？

連號鈔票

麥克警長撐着傘在大雨中走着，經過一個巴士候車亭時，那裏傳來一陣爭吵聲，只見一個女士拉扯着一個年輕男子。麥克連忙走上去查問。

「我剛從銀行取了十張五十鎊的鈔票，放在手袋裏，然後在這裏等車。」那個女士説，她指着那個男子，「他在我身邊緊靠着我，我感覺到什麼，打開手袋一看，裏面只剩三張了，一定是他偷走的，其他等車的人都離我很遠……」

「你亂説，我沒偷錢。」年輕男子説。

「我是警察。」麥克説着拿出警員證件，出示給年輕男子，「我要檢查你的口袋！」

麥克飛快地從男子上衣右側口袋裏搜出七張新淨的五十鎊鈔票。

「這是我的錢！這些錢都是新的，而且都是連號的，是我剛從銀行取出來的……」女士指着那七張鈔票叫了起來。

「説吧，這些連號的鈔票怎麼在你口袋裏？」麥克盯着那個男子。

「啊，是我撿的，我剛從銀行門口經過，看見地上有這幾張鈔票就撿了，一定是這位女士出銀行門口後不小心掉在地上的……」男子説。

「你説謊！」麥克大聲地説道。

 請問，麥克警長為什麼知道年輕男子説謊？

魔幻偵探所 33
迷失恐怖谷

作　　者：關景峰
繪　　圖：陳焯嘉
策　　劃：甄艷慈
責任編輯：周詩韵
美術設計：李成宇
出　　版：新雅文化事業有限公司
　　　　　香港英皇道499號北角工業大廈18樓
　　　　　電話：（852）2138 7998
　　　　　傳真：（852）2597 4003
　　　　　網址：http://www.sunya.com.hk
　　　　　電郵：marketing@sunya.com.hk
發　　行：香港聯合書刊物流有限公司
　　　　　香港新界大埔汀麗路36號中華商務印刷大廈3字樓
　　　　　電話：（852）2150 2100　傳真：（852）2407 3062
　　　　　電郵：info@suplogistics.com.hk
印　　刷：中華商務彩色印刷有限公司
　　　　　香港新界大埔汀麗路36號
版　　次：二〇一七年十一月初版
　　　　　二〇一九年五月第二次印刷

ISBN : 978-962-08-6927-3